新韓檢
初級單字

40天搞定

金美貞・卞暎姬 著 / 周羽恩 譯

暢銷修訂版

致各位韓語學習者

♪有三隻熊住在一家,爸爸熊、媽媽熊、寶寶熊
熊爸爸胖嘟嘟～ 熊媽媽很苗條～ 熊寶寶好可愛～
一點一點 在長大♬

　　韓文歌中,大家最耳熟能詳的,應該就屬這首《三隻小熊》了。這本書為了能讓各位用韓語聽、說、讀、寫,整理了應該最先知道的基本詞彙。

　　無論如何都要先穩固基礎才行。
　　尤其唯有奠定外語基礎,才能更加靈活運用。
　　本書的目的就是要幫助各位穩固韓語基礎實力。

　　希望本書能對正在準備TOPIK I（初級）考試的人與各位韓語初學者有所助益。

　　請各位往後也別放棄繼續學習韓語～ 加油！
　　A Za A Za Fighting!!

P.S 希望各位學完本書後,能更加輕鬆、有趣地唱出自己喜歡的韓文歌（K-POP）♬

前言

　　學習外語時，真正重要的是什麼呢？

　　無論是去旅行、購物或是說外語時，即使不太明白整句話的意思，但只要能運用關鍵字，就能達成溝通的目的。

　　然而，要如何學習這些扮演著如此重要角色的詞彙呢？

　　《40天搞定新韓檢初級單字》是一本為了讓各位在學習韓語時，能將初級程度的詞彙在40天內學完而編著的書。本書參考了韓語初級教材與TOPIK I（初級）考古題裡的詞彙，列出初級水準應該要了解的1200多個的詞彙。不僅如此，為了讓各位能將這些詞彙按照計劃於40天內學完，chapter 1是依品詞分類，chapter 2則是配合主題以圖畫呈現。一天只要學習約24個詞彙，並且解開有趣的練習題，就會在不知不覺中，不僅詞彙能力咻咻地精進，就連韓語實力也一下子突飛猛進！

　　chapter 1 是透過品詞分類來學習單字。在這裡，將詞彙分為名詞、動詞、形容詞、副詞，列出英語及中文翻譯，因此很容易就能了解意思。此外，也一併列出了動詞與形容詞的活用形，就連句型變化也一目瞭然，各列出2個例句，還加上中文翻譯，讓各位在句中能了解各種詞彙的用法。

　　chapter 2 是透過圖畫來學習單字。在這裡將詞彙依主題分類。搭配圖畫列出詞彙，不僅能輕鬆理解，就連背單字也變得頗富樂趣。若能拋下背單字的壓力，以輕鬆閱讀畫冊的想法來反覆閱讀，各位就會發現自己自然而然認識很多詞彙。

　　在所有的chapter裡，在每天學習的詞彙後面都有練習題，讓各位能確認自己的程度。答題時，不只有輕鬆又有趣的題型，也有為了準備TOPIK I（初級）考試而出的各種類型的練習題，請各位一邊解題，一邊仔細檢視自己的實力。

　　希望本書能成為像是各位時常見面、時常聊天的朋友……那樣重要的書。

執筆者 全體

新韓檢初級單字
40天內完成

有可能在短期內將新韓檢初級單字學完嗎?當然沒問題!利用《40天搞定新韓檢初級單字》來準備的話,在40天內,初級程度的詞彙就能駕輕就熟。

請跟著以下日程表來學習。

Study Planner

Chapter 1	Chapter 1	Chapter 1	Chapter 1	Chapter 1
名詞 第1天	名詞 第2天	名詞 第3天	名詞 第4天	名詞 第5天
Chapter 1	Chapter 1	Chapter 1	Chapter 1	Chapter 1
名詞 第6天	名詞 第7天	名詞 第8天	名詞 第9天	名詞 第10天
Chapter 1	Chapter 1	Chapter 1	Chapter 1	Chapter 1
名詞 第11天	動詞 第12天	動詞 第13天	動詞 第14天	動詞 第15天
Chapter 1	Chapter 1	Chapter 1	Chapter 1	Chapter 1
動詞 第16天	動詞 第17天	動詞 第18天	動詞 第19天	動詞 第20天
Chapter 1	Chapter 1	Chapter 1	Chapter 1	Chapter 1
動詞 第21天	動詞 第22天	形容詞 第23天	形容詞 第24天	形容詞 第25天
Chapter 1	Chapter 1	Chapter 1	Chapter 1	Chapter 1
形容詞 第26天	副詞 第27天	副詞 第28天	副詞 第29天	副詞 第30天
Chapter 2	Chapter 2	Chapter 2	Chapter 2	Chapter 2
家、家具、家人 第31天	人、身體 第32天	物品 第33天	衣服、顏色 第34天	水果、蔬菜、食物 第35天
Chapter 2	Chapter 2	Chapter 2	Chapter 2	Chapter 2
休閒嗜好 第36天	場所、職業 第37天	交通、位置 第38天	季節、天氣 第39天	動物、自然 第40天

如何使用本書

1. 英、中翻譯

將初級詞彙以英、中翻譯呈現，讓各位能輕鬆理解。

2. 用詞彙學習文法！

將文法活用形列在詞彙旁。

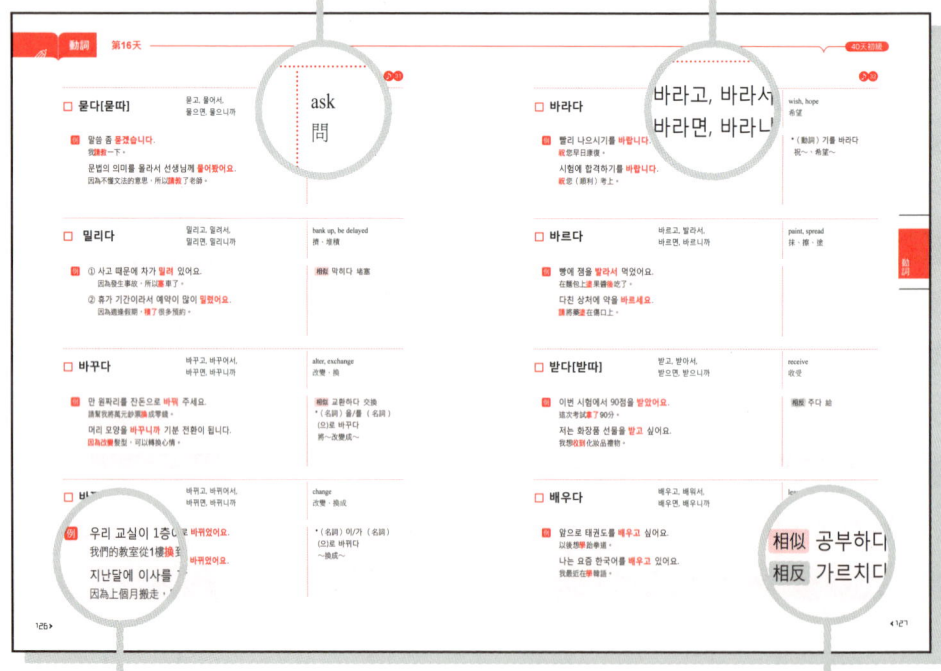

3. 實用例句＋中文翻譯

透過符合初級水準的例句來學習詞彙，加上中文例句更好學習。

4. 近似詞・反義詞

透過標示 相似 ・ 相反 能確認近似詞與反義詞，提升詞彙實力。

5. 搭配圖畫，單字實力突飛猛進！

搭配可愛的圖畫，以輕鬆、有趣的方式來了解詞彙。

6. 版面設計一目瞭然

書籍版面一目瞭然，提升學習效率。

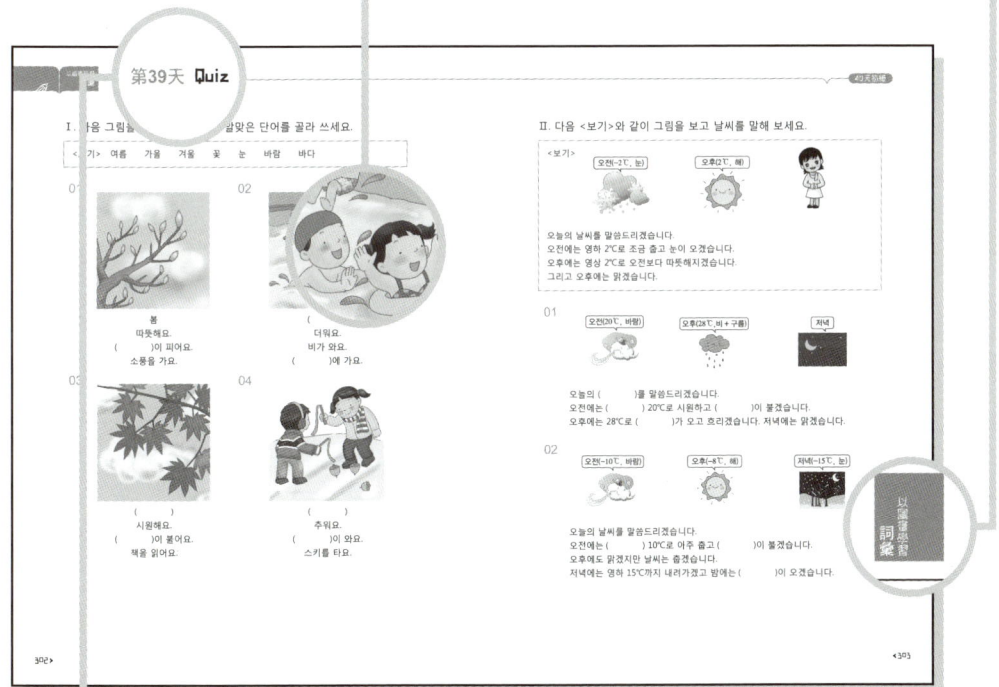

7. Quiz單元

每天背完單字別忘了透過Quiz檢測實力！

目次

致各位韓語學習者
前言
新韓檢初級單字40天內完成
如何使用本書

Chapter 1 以品詞學習詞彙
  名詞 ⋯⋯⋯⋯⋯⋯⋯⋯⋯⋯⋯⋯⋯⋯⋯⋯⋯⋯⋯⋯⋯⋯ 2
  動詞 ⋯⋯⋯⋯⋯⋯⋯⋯⋯⋯⋯⋯⋯⋯⋯⋯⋯⋯⋯⋯⋯ 92
  形容詞 ⋯⋯⋯⋯⋯⋯⋯⋯⋯⋯⋯⋯⋯⋯⋯⋯⋯⋯⋯ 182
  副詞 ⋯⋯⋯⋯⋯⋯⋯⋯⋯⋯⋯⋯⋯⋯⋯⋯⋯⋯⋯⋯ 218

Chapter 2 以圖畫學習詞彙
  家、家具、家人 ⋯⋯⋯⋯⋯⋯⋯⋯⋯⋯⋯⋯⋯⋯⋯ 255
  人、身體 ⋯⋯⋯⋯⋯⋯⋯⋯⋯⋯⋯⋯⋯⋯⋯⋯⋯⋯ 260
  物品 ⋯⋯⋯⋯⋯⋯⋯⋯⋯⋯⋯⋯⋯⋯⋯⋯⋯⋯⋯⋯ 266
  衣服、顏色 ⋯⋯⋯⋯⋯⋯⋯⋯⋯⋯⋯⋯⋯⋯⋯⋯⋯ 270
  水果、蔬菜、食物 ⋯⋯⋯⋯⋯⋯⋯⋯⋯⋯⋯⋯⋯⋯ 276
  休閒嗜好 ⋯⋯⋯⋯⋯⋯⋯⋯⋯⋯⋯⋯⋯⋯⋯⋯⋯⋯ 282
  場所、職業 ⋯⋯⋯⋯⋯⋯⋯⋯⋯⋯⋯⋯⋯⋯⋯⋯⋯ 286
  交通、位置 ⋯⋯⋯⋯⋯⋯⋯⋯⋯⋯⋯⋯⋯⋯⋯⋯⋯ 294
  季節、天氣 ⋯⋯⋯⋯⋯⋯⋯⋯⋯⋯⋯⋯⋯⋯⋯⋯⋯ 300
  動物、自然 ⋯⋯⋯⋯⋯⋯⋯⋯⋯⋯⋯⋯⋯⋯⋯⋯⋯ 304

  Quiz 解答 ⋯⋯⋯⋯⋯⋯⋯⋯⋯⋯⋯⋯⋯⋯⋯⋯⋯ 309

chapter 1

以品詞學習詞彙

名詞
動詞
形容詞
副詞

名詞　第1天

□ **가격**　price / 價格

例　이 옷을 싼 **가격**에 샀어요.
以便宜的**價格**買下了這件衣服。

야채 **가격**이 지난주보다 많이 올랐어요.
蔬菜**價格**比起上星期漲了很多。

相似　값　價錢

□ **가요**　popular song / 歌謠、（流行）歌曲

例　저는 한국 **가요**를 자주 들어요.
我常聽韓國（流行）歌曲。

요즘에는 아이들도 **가요**를 잘 불러요.
最近的小孩子也很會唱**歌**。

相似　노래　歌曲

□ **간식**　snack / 零食、點心

例　나는 **간식**을 아주 좋아합니다.
我非常喜歡吃**點心**。

오늘 **간식**으로 케이크를 먹었어요.
今天**點心**吃了蛋糕。

相似　야식　宵夜

□ **감기**　cold (illness) / 感冒

例　요즘 **감기**가 유행이에요.
最近**感冒**很流行。

친구가 **감기**에 걸려서 학교에 못 왔어요.
朋友**感冒**了，所以無法來學校。

40天初級

☐ 감동
impression
感動

例 공연을 보고 많은 **감동**을 받았어요.
看了公演後深受**感動**。

어머니의 편지는 나에게 **감동**을 주었어요.
母親的信令我**感動**。

☐ 값[갑]
price
價錢

例 과일 **값**이 너무 비싸요.
水果**價錢**非常貴。

할인 기간에는 **값**이 훨씬 싸요.
折扣期間**價錢**更便宜。

相似 가격 價格

☐ 개인
individual
個人

例 이것은 한 **개인**의 문제가 아닙니다.
這個不是一個**個人**的問題。

개인 사정으로 회의에 참석하지 못합니다.
礙於**個人**因素無法出席會議。

相反 단체 團體

☐ 거리
street
街

例 **거리**가 아주 깨끗해요.
街道非常乾淨。

명동 **거리**에는 사람이 많아요.
明洞**街上**人很多。

相似 길거리 街道
　　 길　路

3

名詞　第1天

☐ 거짓말[거진말]
lie
謊言

例　내 친구는 **거짓말**을 잘해요.
我的朋友很會**說謊**。

제가 한 말은 **거짓말**이 아니에요.
我說的不是**謊話**。

相反　참말　真話
　　　사실　事實

☐ 건물
building
建築（物）

例　이 **건물**이 제일 높아요.
這棟**建築物**最高。

우리 **건물**에는 은행이 없어요.
我們（這棟）**建築**裡沒有銀行。

相似　빌딩　高樓大廈

☐ 게임[께임]
game
遊戲

例　이 **게임**은 정말 재미있어요.
這個**遊戲**真的很有趣。

이번 **게임**에서는 꼭 이기고 싶어요.
這次的**遊戲**我真的很想贏。

相似　놀이　遊戲
　　　경기　比賽

☐ 결과
result
結果

例　**결과**도 중요하지만 과정도 중요해요.
雖然**結果**重要，但過程也很重要。

열심히 했으니까 좋은 **결과**가 있을 거예요.
因為你很認真，所以應該會有好**結果**。

相反　원인　原因

☐ 결혼식
wedding
婚禮

例 다음 달에 **결혼식**을 올리려고 해요.
我想在下個月舉行**婚禮**。

주말에 선생님의 **결혼식**에 참석할 거예요.
週末會去參加老師的**婚禮**。

☐ 경기
match, game
比賽

例 **경기** 결과를 빨리 알려 주세요.
請您快告訴我**比賽**結果。

축구 **경기**를 구경하러 축구장에 갔어요.
去足球場看足球**比賽**了。

相似 게임 遊戲
　　 시합 比賽
　　 대결 較量

☐ 경치
scenery
景色

例 창밖의 **경치**가 정말 좋네요.
窗外的**景色**真好呢！

눈이 오면 **경치**가 더 아름다워요.
下雪的話，**景色**更美。

相似 풍경 風景

☐ 경험
experience
經驗

例 다양한 **경험**은 나중에 큰 힘이 돼요.
（累積）各種**經驗**，日後會成為很大的助力。

나는 담배를 피워 본 **경험**이 있어요.
我有抽過菸的**經驗**。

相似 체험 體驗
　　 경력 經歷

名詞　第1天

☐ 계단
stairs
樓梯

例　계단을 내려갈 때 조심하세요.
下樓梯時請小心。

계단을 올라가면 은행이 있어요.
上樓的話就有銀行。

☐ 계획
plan
計畫

例　방학 때 계획이 아직 없습니다.
放假期間還沒有計畫。

저는 올해 대학교에 입학할 계획입니다.
我計畫今年要上大學。

*계획을 세우다　擬定計畫

☐ 고장
break-down
故障

例　휴대 전화가 갑자기 고장이 났어요.
手機突然故障了。

컴퓨터가 오래 돼서 자주 고장이 나요.
電腦用了很久,所以常發生故障。

☐ 고향
hometown
故鄉

例　고향에 부모님이 계세요.
父母親在故鄉。

이번 방학에는 고향에 돌아갈 거예요.
這次放假要返鄉。

相反　타향 他鄉

☐ 골목

|例| **골목**에서 아이들이 놀고 있어요.
小孩子在**巷子**裡玩耍。

집에 가려면 좁은 **골목**을 지나야 해요.
想要回家的話，就得經過一條窄**巷**。

ally
巷子

相似 좁은 길 小路
相反 큰 길 大路

☐ 곳[곧]

|例| 지금 있는 **곳**이 어디예요?
你現在在哪個**地方**？

주말이라서 가는 **곳**마다 사람이 많네요.
因為適逢週末，所到之**處**都人山人海呢！

place, spot
場所

相似 장소 場所
　　 데 地方

☐ 공간

|例| 이 **공간**에 책상을 놓는 게 어때요?
在這個**空間**裡放書桌如何？

방이 좁아서 쉴 **공간**도 별로 없어요.
房間很窄，所以根本沒有什麼可以休息的**空間**。

space
空間

☐ 공기

|例| 시원한 **공기**를 마시고 싶어요.
想呼吸新鮮**空氣**。

산에 올라가면 **공기**가 참 맑아요.
若去登山，（山上的）**空氣**十分清新。

air
空氣

名詞　第1天 Quiz

Ⅰ. 다음 단어와 비슷한 의미를 가진 것을 연결하세요.

가격　•　　　　　　•　풍경

건물　•　　　　　　•　값

경치　•　　　　　　•　장소

곳　•　　　　　　•　빌딩

가요　•　　　　　　•　노래

Ⅱ. 다음 글의 빈칸에 알맞은 단어를 고르세요.

01
다른 나라의 문화를 배우는 방법은 여러 가지가 있습니다. 책을 보거나 영화나 드라마를 보면서 문화를 배울 수도 있습니다. 그렇지만 그 나라에 여행을 가서 그 나라의 지하철이나 버스도 타 보고 그 나라의 음식을 먹어 보고 (　　)을 해 봐야 더 빨리 문화를 배울 수 있습니다.

① 관심　　　　② 감동
③ 경험　　　　④ 걱정

02
저는 방학이 오기를 기다리고 있습니다. 방학을 하면 (　　)에 갈 수 있기 때문입니다. (　　)에 가서 부모님도 뵙고 친구들도 만나고 싶습니다. 부모님과 친구들에게 한국어와 한국 친구에 대해서 이야기해 줄 겁니다. 그리고 빨리 가서 먹고 싶은 (　　) 음식도 많이 먹을 겁니다.

① 고향　　　　② 국적
③ 도시　　　　④ 계단

Ⅲ. 다음 문장의 빈 칸에 알맞은 단어를 고르세요.

01 올해가 시작된 지 벌써 2개월이 지났는데 아직 (　　)도 못 세우고 있어요.
① 계획　　　② 건물
③ 골목　　　④ 게임

02 숙제를 하는데 갑자기 컴퓨터가 (　　)이 났어요.
① 계획　　　② 고장
③ 경험　　　④ 관심

03 주말에 친구하고 영화를 봤는데 정말 많은 (　　)을 받았어요.
① 감정　　　② 개인
③ 감동　　　④ 간식

04 그 사람은 (　　)을 자주 해서 사람들이 그 사람의 말을 믿지 않아요.
① 게임　　　② 눈물
③ 생활　　　④ 거짓말

Ⅳ. 다음 단어와 관계있는 말이 <u>잘못된</u> 것을 고르세요.

01　① 경기 – 하다　　② 게임 – 놀다
　　③ 간식 – 먹다　　④ 결혼식 – 하다

02　① 경치 – 맑다　　② 공기 – 시원하다
　　③ 건물 – 깨끗하다　④ 거리 – 복잡하다

名詞　第2天

☐ 공연
performance
公演

例 곧 **공연**을 시작하겠습니다.
馬上就要開始**公演**了。

반 친구들은 **공연** 준비 때문에 바빠요.
班上同學為了準備**公演**（十分）忙碌。

☐ 공짜
charge-free
免費

例 학생은 입장료가 **공짜**예요.
學生**免費**入場。

세상에 **공짜**가 어디에 있어요?
世上哪有白吃的午餐呢？（世上哪裡有**免費**的呢？）

相似 무료 免費
相反 유료 收費

☐ 공휴일
public holiday
國定假日

例 1월에 **공휴일**이 많아요.
1月**國定假日**很多。

내일은 **공휴일**이니까 수업이 없어요.
明天是**國定假日**，所以沒有課。

☐ 과
lesson
課

例 오늘은 5**과**를 배울 거예요.
今天要學第5**課**。

내일 공부할 **과**는 6**과**니까 예습해 오세요.
因為明天要學的（**課**）是第6**課**，請預習後再來。

☐ 과거

past
過去

例 과거에 무슨 일을 해 봤어요?
過去做過什麼工作呢？

이미 지나간 시간을 과거라고 해요.
將已經逝去的時光稱為過去。

相似 옛날 以前
　　 이전 以前
相反 미래 未來
　　 장래 將來

☐ 관계

relationship
關係

例 이 일은 저와 관계가 없습니다.
這件事與我無關。

두 사람은 친구에서 연인 관계가 되었어요.
兩個人從朋友變成了戀人關係。

相似 상관 相關
　　 사이 （人與人的）
　　 關係、之間

☐ 관심

interest
關心、在意

例 저는 운동에 관심이 없어요.
我對運動沒有興趣。

내 친구는 외모에 관심이 많아요.
我的朋友很在意外貌。

相似 흥미 興趣
＊（名詞）에 관심을 가지다
　 對～感興趣

☐ 광고

advertisement
廣告

例 신문에 있는 광고를 보았어요.
看了報紙上的廣告。

내 친구는 광고 모델을 한 적이 있어요.
我的朋友曾當過廣告模特兒。

11

名詞 第2天

☐ 교통사고
traffic accident
交通事故

例 **교통사고** 때문에 길이 많이 막혀요.
因為**交通事故**導致路上十分堵塞。

교통사고가 나서 사람들이 많이 다쳤어요.
因為發生**交通事故**,所以有很多人受傷。

☐ 국내[궁내]
domestic
國內

例 방학에 **국내** 여행을 할 거예요.
放假打算在**國內**旅行。

그 친구는 **국내** 대회에서 일등을 했어요.
那位朋友在**國內**比賽拿下了第一名。

相反 국외 國外

☐ 국립[궁닙]
national
國立

例 우리 학교는 **국립**이에요.
我們學校是**國立**的。

지난주에 **국립** 미술관에 갔어요.
上星期去了**國立**美術館。

相似 공립 公立
相反 사립 私立

☐ 국적[국쩍]
nationality
國籍

例 제 **국적**은 중국이에요.
我的**國籍**是中國。

우리 반 친구들은 **국적**이 다양해요.
我們班上的同學**國籍**很多元。

☐ 국제 [국쩨]

international
國際

例 **국제** 대회에서 우승을 했어요.
在**國際**比賽中取得優勝。

국제 회의에 참석하려면 영어를 잘해야 돼요.
想出席**國際**會議的話,要英文很好才行。

相反 국내 國內

☐ 규칙

rule, regulation
規則

例 학교에는 지켜야 할 **규칙**이 있어요.
學校裡有必須遵守的**規則**。

기숙사에서는 **규칙**을 잘 지켜야 해요.
在宿舍要好好遵守**規則**。

相似 규정 規定
　　 법칙 法則
　　 원칙 原則

☐ 근처

neighborhood
附近

例 저는 학교 **근처**에서 살아요.
我住在學校**附近**。

우리 집 **근처**에 시장이 있어요.
我們家**附近**有市場。

相似 주변 周邊

☐ 글

text
文章

例 다음 **글**을 읽으세요.
請閱讀以下**文章**。

글을 많이 읽으면 좋은 **글**을 쓸 수 있어요.
多閱讀**文章**的話,就能寫出好的**文章**。

名詞　第2天

□ 금연[그면]
no smoking
禁菸、戒菸

例　여기에서는 **금연**이에요.
這裡**禁菸**。

올해 **금연**을 결심했어요.
今年下定決心要**戒菸**。

□ 기간
period
期間

例　휴가 **기간**에는 표를 미리 예약해야 해요.
放假**期間**的票要事先預約。

시험 **기간**이라서 도서관에 자리가 없어요.
適逢考試**期間**，所以圖書館都沒有位子。

相似　시기　時期

□ 기분
feeling, mood
心情、情緒

例　오늘은 아침부터 **기분**이 좋아요.
今天一早就**心情**很好。

친구랑 **기분** 전환하러 바다에 가려고 해요.
想和朋友去海邊轉換一下**心情**。

相似　심경　心境

□ 기사
driver
司機

例　버스 **기사**는 운전을 잘해야 돼요.
公車**司機**要很會駕駛才行。

택시를 탔는데 **기사** 아저씨가 친절했어요.
搭了計程車，**司機**大叔人很親切。

相似　운전사　駕駛人

14

☐ 기온
temperature
氣溫

例 요즘 **기온** 변화가 아주 심해요.
最近**氣溫**變化很大。

저녁에는 **기온**이 많이 내려가요.
晚上**氣溫**下降很多。

☐ 기침
cough
咳嗽

例 감기에 걸렸는데 **기침**이 심해요.
感冒了，**咳嗽**很嚴重。

수업 시간에 **기침**이 나와서 힘들었어요.
上課時因為**咳嗽**，所以很難受。

*기침을 하다 咳嗽

☐ 길
way, path
路、馬路

例 여기에서 **길**을 건너세요.
請在這裡過**馬路**。

산에서 **길**을 잃어버렸어요.
在山上迷**路**了。

*길을 묻다 問路

☐ 꿈
dream
夢想、夢

例 ① 어제 무서운 **꿈**을 꾸었어요.
昨天作了一個恐怖的**夢**。

② 제 **꿈**은 좋은 의사가 되는 것이에요.
我的**夢想**是成為一位好醫生。

名詞 第2天 Quiz

Ⅰ. 다음 그림에 맞는 단어를 <보기>에서 찾아 써 보세요.

<보기> 공연   국적   금연   공휴일

01 (   )

02 (   )

03 (   )

04 (   )

Ⅱ. 다음 문장의 빈칸에 알맞은 단어를 고르세요.

01 오늘 학교에 오는데 (   )가 크게 나서 사람들도 많이 다치고 길도 많이 막혔어요.

① 과거   ② 광고   ③ 교통사고   ④ 감기

02 학교에서는 학교에서 만든 (   )을 잘 지켜야 합니다.

① 국적   ② 규칙   ③ 공연   ④ 가격

03 시험에서 좋은 성적을 받아서 (   )이 아주 좋습니다.

① 기분   ② 기간   ③ 기온   ④ 관심

Ⅲ. 다음 밑줄 친 부분과 비슷한 의미의 단어를 고르세요.

01
가 : 아파트 근처에 무엇이 있어요?
나 : 아파트 (   )에 식당도 많고 커피숍도 많아요.

① 앞　　　　　　　　② 뒤
③ 주변　　　　　　　④ 사이

02
가 : 저는 운동에 관심이 많아서 최근 동아리에 가입했어요.
나 : 그래요? 저는 운동보다는 음악에 (   )가 많아요.

① 광고　　　　　　　② 흥미
③ 기사　　　　　　　④ 관계

03
가 : 이 일은 내가 결정할 일이야. 너하고 관계가 없어.
나 : 어떻게 나하고 (   )이 없어?

① 상관　　　　　　　② 기분
③ 기온　　　　　　　④ 계획

04
가 : 이건 무료로 드리는 것이니까 많이 드세요.
나 : 정말 (   )로 주는 거예요?

① 관계　　　　　　　② 공기
③ 공짜　　　　　　　④ 광고

Ⅳ. 다음 어휘를 순서대로 맞게 배열해서 문장을 만들어 보세요.

01　기간에　　휴가　　쉴 거예요　　집에서
⇨ _____

02　근처에는　　우리　　식당이　　학교　　많아요
⇨ _____

名詞　第3天

□ 끝
end
終、最後

例　시작이 있으면 **끝**도 있지요.
有始有**終**。

힘들겠지만 **끝**까지 열심히 하세요.
應該會很辛苦，但還是請您努力到**最後**。

相似　마지막　最終
相反　시작　開始
　　　처음　最初
　　　먼저　首先

□ 나이
age
年齡、年紀

例　올해 **나이**가 몇 살이에요?
今年**年齡**幾歲？

나이는 많지만 얼굴은 어려 보여요.
雖然**年紀**很大，但臉看起來很年輕。

相似　연세
　　　年歲（「年齡」的敬語）
*나이를 먹다
　年齡增長

□ 나중
later
以後

例　우리 **나중**에 다시 만나요.
我們**改天**（**之後**）見。

지금은 바쁘니까 **나중**에 전화할게요.
因為現在很忙，我**改天**（**之後**）再打給你。

相似　다음　下次
　　　이후　以後
相反　먼저　先
　　　이전　以前

□ 내용
contents
內容

例　책의 **내용**은 어렵지 않아요.
書的**內容**不難。

영화는 봤지만 **내용**이 이해가 안 돼요.
看了電影，但無法理解**內容**。

相似　형식　形式

18

□ 냄새
smell
氣味、味道

例 바다 **냄새**가 참 좋아요.
很喜歡海的**味道**。

여기서 이상한 **냄새**가 나요.
這裡有奇怪的**味道**。

□ 노래
song
歌

例 나는 한국 **노래**를 좋아해요.
我喜歡韓國的**歌曲**。

노래를 잘 불렀으면 좋겠어요.
如果很會唱**歌**的話就好了。

*노래를 하다/부르다
　唱歌

□ 눈싸움
snowball fight
打雪仗

例 우리 오빠는 **눈싸움**을 잘해요.
我哥哥很會**打雪仗**。

어제 **눈싸움**도 하고 눈사람도 만들었어요.
昨天玩了**打雪仗**和做雪人。

□ 뉴스
news
新聞

例 나는 인터넷으로 **뉴스**를 봐요.
我都是上網看**新聞**。

뉴스를 자주 들으면 듣기를 더 잘할 거예요.
若常聽**新聞**，聽力應該會更好。

名詞　第3天

□ 느낌
feeling
感覺、印象

例　그 사람은 **느낌**이 참 좋아요.
那個人給人的**印象**很不錯。

혼자 걸어오는데 자꾸 이상한 **느낌**이 들었어요.
獨自走來，總有一種奇怪的**感覺**。

相似　기분　心情

□ 능력[능녁]
ability
能力

例　그는 나이가 어려도 **능력**이 많아요.
他年紀雖小，但很有**能力**。

나는 말을 잘하는 **능력**을 갖고 싶어요.
我希望擁有能言善道的**能力**。

相似　재능　才能
　　　재간　才幹
*능력이 있다/없다
有／沒有能力

□ 다리
leg
腿

例　축구를 하다가 **다리**를 다쳤어요.
足球踢到一半，**腿**受傷了。

너무 오래 걸어서 **다리**가 아파요.
走太久了，所以**腿**很痛。

□ 다음
next
下次

例　**다음**에 또 오세요.
歡迎**下次**再度光臨。

다음부터는 일찍 오겠습니다.
下次開始我會早一點來。

相似　나중, 이후　以後
相反　먼저　先
　　　이전　以前

□ 다이어트

diet
減肥

例 살이 많이 쪄서 **다이어트**가 필요해요.
因為胖了很多，所以要減肥。

다이어트 때문에 마음대로 먹을 수 없어요.
因為減肥，所以無法隨心所欲地吃。

□ 단어[다너]

word
詞

例 오늘 배운 **단어**를 모두 외우세요.
請將今天學的單字全部背下來。

한국어에는 한자로 만든 **단어**가 많아요.
韓語裡使用漢字做成的單字很多。

相似 어휘 詞彙

□ 단점[단쩜]

shortcoming
短處、缺點

例 누구나 **단점**이 있어요.
每個人都有缺點。

거짓말을 못하는 것이 너의 **단점**이야.
不會說謊是你的缺點。

相似 결점 缺點
相反 장점 長處、優點

□ 답장[답짱]

reply
回信、回覆

例 친구한테 **답장**을 썼어요.
回信給朋友了。

아까 선생님께 문자로 **답장**을 보냈어요.
剛剛傳了簡訊回覆老師。

相似 답신 答信

名詞　第3天

□ 대부분
most part, majority
大部分

例 학생들 **대부분**이 기숙사에 살아요.
　　大部分的學生都住在宿舍。

　　여기에 오는 손님들은 **대부분** 외국인이에요.
　　來這裡的客人大部分是外國人。

相似　거의　幾乎

□ 대화
conversation
對話、溝通

例 친구들과의 **대화**로 스트레스를 풀어요.
　　透過和朋友們的溝通來抒解壓力。

　　나는 부모님과 **대화**를 많이 하고 싶어요.
　　我想和父母親多溝通。

相似　이야기　聊天
　　　말　說話
相反　독백　獨白

□ 대회
competition
大會、比賽

例 이번 **대회**에서 꼭 이길 거예요.
　　這次比賽一定會贏。

　　외국인 말하기 **대회**에 참가할 예정이에요.
　　預計參加外國人演講比賽。

相似　경연　比賽

□ 댁
residence
府上

例 선생님은 지금 **댁**에 계십니다.
　　老師現在人在府上。

　　할아버지는 **댁**에서 주무십니다.
　　爺爺在府上就寢。

＊「집（家）」的敬語

22

□ 덕분[덕뿐]

thanks to
多虧、託（某人）的福

例 모두 선생님 **덕분**이에요.
全是**託**老師的**福**。

덕분에 정말 잘 지냈어요.
託您的**福**，真的過得很好。

相似 덕택 託福

□ 데이트

date
約會

例 지금 **데이트** 중이에요.
現在**約會**中。

좋아하는 여자에게 **데이트** 신청을 했어요.
我向喜歡的女生提出了邀**約**。

□ 도시

city
城市

例 나는 **도시**에 살고 싶어요.
我想住在**都市**。

도시에는 사람도 많고 차도 많아요.
都市裡人和車子都很多。

相反 시골 鄉下
농촌 農村

□ 도움

help, assistance
幫助

例 어려운 사람들에게 **도움**을 주는 사람이 될 거예요.
對（生活）困難的人而言，會是有所**幫助**的人。

그 아이는 부모의 **도움** 없이 혼자 생활하고 있어요.
那個小孩在沒有父母的**幫助**下一個人生活。

相似 협조 協助

名詞　第3天 Quiz

Ⅰ. 다음 단어와 관계있는 것을 연결하세요.

다이어트 •　　　　　　　　　• 좋아하는 여자와 영화를 봐요.

뉴스 •　　　　　　　　　• 살을 빼요.

데이트 •　　　　　　　　　• 여러 가지 소식을 알 수 있어요.

눈싸움 •　　　　　　　　　• 눈이 오면 하는 놀이예요.

Ⅱ. 다음 문장의 빈칸에 알맞은 단어를 고르세요.

01 부모님께 편지를 받고 바로 (　　)을 보내 드렸어요.
① 답장　　② 성적
③ 내용　　④ 느낌

02 한국에서 생활하는 동안 선생님께 많은 (　　)을 받았습니다.
① 계획　　② 걱정
③ 도움　　④ 개인

03 혼자서 모든 것을 할 수 있는 (　　)이 생겼으면 좋겠어요.
① 개인　　② 가능
③ 관심　　④ 능력

04 저녁 시간이 되니 여기저기에서 맛있는 (　　)가 나기 시작합니다.
① 경치　　② 공기
③ 냄새　　④ 분위기

Ⅲ. 다음 두 단어의 관계가 나머지 하나와 다른 것을 고르세요.

01
① 집 – 댁
② 끝 – 시작
③ 단점 – 장점
④ 도시 – 시골

02
① 단어 – 어휘
② 나중 – 먼저
③ 대부분 – 거의
④ 대화 – 이야기

Ⅳ. 다음에서 이야기하는 '이것'은 무엇입니까?

01
일 년이 지나면 이것이 하나 더 많아집니다. 아이 때에는 이것이 빨리 많아졌으면 좋겠다고 생각했습니다. 그렇지만 어른이 되니까 이것이 많아지지 않았으면 좋겠습니다. 한국에서는 설날에 떡국을 먹고 이것이 하나 더 많아진다고 말합니다. 그래서 '이것을 먹다'라고도 말합니다.

① 생일   ② 나이
③ 마음   ④ 날짜

02
- 이것은 장소입니다.
- 이것에는 사람도 많고 차도 많습니다.
- 이것의 공기는 시골보다 좋지 않습니다.
- 서울, 도쿄, 베이징 등은 모두 이것입니다.

① 댁   ② 고향
③ 대회   ④ 도시

名詞　第4天

☐ 독서[독써]
reading
讀書、閱讀

例　제 취미는 **독서**예요.
　　我的興趣是閱讀。

　　가을은 **독서**의 계절이라고 합니다.
　　都說秋天是閱讀的季節。

☐ 동네
town
鄰里、社區

例　**동네** 사람들은 모두 친절합니다.
　　社區的人都很親切。

　　우리 **동네** 입구에는 큰 나무가 있어요.
　　我們社區入口有一顆大樹。

相似　마을　村子

☐ 동아리
circle, club
社團

例　축구 **동아리**에 가입하고 싶습니다.
　　我想加入足球社。

　　우리 학교에는 영화 **동아리**가 없습니다.
　　我們學校沒有電影社。

相似　서클　社團

☐ 동안
during, time period
期間

例　이틀 **동안** 여행을 다녀왔습니다.
　　去了一趟為期兩天的旅行。

　　방학 **동안**에 다이어트를 해서 살을 뺄 거예요.
　　在放假期間減肥，應該會瘦下來。

相似　기간　期間

26

□ 드라마

例 한국 **드라마**는 정말 재미있어요.
韓國**電視劇**真的很好看。

드라마에 나오는 남자가 아주 멋있어요.
電視劇裡出現的男人很帥。

drama
電視劇

相似 연속극 連續劇

□ 디자인

例 이 가방은 **디자인**이 참 예뻐요.
這個包包的**設計**真漂亮。

저에게 어울리는 **디자인**으로 골라 주세요.
請挑選適合我的**款式**。

design
設計、花樣、款式

相似 모양 模樣、樣子

□ 땀

例 운동을 해서 **땀**이 많이 났어요.
運動後出了很多**汗**。

날씨가 너무 더워서 **땀**을 많이 흘렸어요.
天氣十分炎熱，所以流了很多**汗**。

sweat
汗

□ 때

例 점심 **때** 시간 있으면 좀 보자.
中午**時**有空的話見個面吧！

기분이 좋을 **때** 주로 뭘 해요?
心情好的**時候**，主要都做什麼呢？

the time
時候

名詞　第4天

□ 뜻[뜯]
meaning
意思

例　단어의 **뜻**을 잘 모르겠어요.
不太懂單字的**意思**。

이 문장의 **뜻**을 이해할 수 없어요.
無法理解這句話的**意思**。

相似　의미　意思、意義

□ 마음
mind
心

例　여자들의 **마음**은 이해하기 힘들어요.
女人的**心**難以理解。

내 친구는 **마음**이 정말 착한 사람입니다.
我的朋友真的是**心地**善良的人。

相似　생각　想法

□ 마지막
the last
最後

例　오늘이 **마지막** 수업이에요.
今天是**最後一次**上課。

아버지의 **마지막** 얼굴이 생각납니다.
想起爸爸的**最後**一面。

相似　최후　最後
相反　처음　最初
　　　시작　開始

□ 말
language
話、語言

例　우리 선생님은 **말**이 너무 빨라요.
我們老師**講話**非常快。

그 나라에 가면 그 나라의 **말**을 배워야 해요.
去那個國家的話，就應該要學那個國家的**語言**。

相似　언어　語言
相反　글　文字、文章
　　　문자　文字

28

☐ **맛**[맏]

taste
味道

例 나는 매운 **맛**을 좋아해요.
我喜歡辣味。

이 요리는 **맛**이 정말 좋아요.
這道料理味道真的很香。

*맛이 있다/없다
有／沒有味道、
好／不好吃

☐ **매일**

every day
每天

例 나는 **매일** 한국어를 배워요.
我每天學韓語。

수업이 끝나면 **매일** 도서관에 가요.
每天上完課就會去圖書館。

相似 날마다　每天

☐ **매주**

weekly
每週

例 요즘 **매주** 등산을 가요.
最近每週都會去登山。

매주 친구들과 축구 모임이 있어요.
每週和朋友都有足球聚會。

☐ **메뉴**

menu
菜單

例 여기 **메뉴** 좀 주세요.
（這裡）請給我菜單。

여기는 점심 **메뉴**가 다양해요.
這裡的午餐菜單豐富。

相似 식단　菜單

名詞　第4天

♪08

□ 메모
memo
便條

例　메모를 남겨 드릴까요?
　　需要為您留言嗎？

　　죄송하지만 메모 좀 부탁드릴게요.
　　抱歉，麻煩您幫我留個言。

相似　기록 紀錄
*메모를 하다
　寫便條、留言、記錄

□ 메시지
message
訊息

例　생일 축하 메시지를 받았어요.
　　收到了生日祝賀的訊息。

　　친구들에게 문자 메시지를 보내 주세요.
　　請幫我傳簡訊給朋友。

□ 며칠
what day, a few days
幾號、幾天

例　오늘이 며칠이에요?
　　今天是幾號？

　　동생이 며칠 동안 여행을 가요.
　　弟弟（妹妹）要去旅行幾天。

□ 명절
festival
節日

例　명절에는 모두 고향에 가요.
　　在節日，大家都返鄉。

　　설날과 추석은 한국의 대표 명절이에요.
　　（農曆）新年和中秋是韓國的代表節日。

☐ 모양

shape, form
樣子、樣式

例 이 가방 **모양**이 정말 예뻐요.
這個包包的**樣子**真的很漂亮。

가게에는 여러 가지 **모양**의 모자들이 있어요.
店裡有各種**樣式**的帽子。

相似 디자인
設計、花樣、款式

☐ 모임

gathering
聚會

例 주말에 **모임**이 있어요.
週末有**聚會**。

오늘 **모임**에 참석하지 못 할 것 같아요.
今天應該無法出席**聚會**了。

☐ 목소리[목쏘리]

voice
（人的）聲音

例 그 남자의 **목소리**가 정말 좋네요.
那個男人的**聲音**真好聽呢！

엄마 **목소리**가 듣고 싶어서 전화를 했어요.
因為想聽媽媽的**聲音**，所以打了電話。

☐ 목적[목쩍]

purpose
目的

例 이 글을 쓴 **목적**이 뭐예요?
寫這篇文章的**目的**是什麼呢？

목적을 이루기 위해서 노력할 것입니다.
為了達成**目的**，我會努力。

相似 목표 目標

名詞　第4天 Quiz

Ⅰ. 다음 그림에 맞는 단어를 <보기>에서 찾아 써 보세요.

<보기>　명절　맛　동아리　말

01

가나다
ABC
你好

(　　)

02

추석
설날

(　　)

03

달다　맵다

(　　)

04

게시판
동아리 모집 공고

(　　)

Ⅱ. 다음 밑줄 친 부분과 비슷한 의미의 단어를 고르세요.

01
가 : 이 가방은 디자인이 정말 예쁘네요.
나 : 네. (　　)을 정말 예쁘게 만들었네요.

① 모양　② 모임
③ 마음　④ 느낌

02
가 : 이 단어의 의미를 잘 모르겠어요.
나 : 어제 배웠는데 무슨 (　　)인지 잘 모르겠어요?

① 때　② 뜻
③ 땀　④ 맛

Ⅲ. 다음 문장의 빈칸에 알맞은 단어를 고르세요.

01 우리 (　) 에는 큰 나무도 많고 공원도 많이 있어요.
① 금연　　② 경치
③ 동네　　④ 국적

02 저는 키가 크고 (　) 이 넓은 남자 친구를 만나고 싶습니다.
① 눈　　② 성격
③ 얼굴　　④ 마음

03 이번 주말에 동아리 (　) 이 있으니까 꼭 오세요.
① 목적　　② 모양
③ 생각　　④ 모임

Ⅳ. 다음 단어를 순서대로 맞게 배열해서 문장을 만들어 보세요.

01 이번　며칠　갈 거예요　동안　방학에　여행을
⇨ _____

02 보냈어요　축하 메시지를　친구에게　휴대 전화로
⇨ _____

名詞　第5天

☐ 몸살
illness from fatigue
渾身痠痛無力

例 일을 너무 많이 해서 **몸살**이 났어요.
做了太多事，所以**渾身痠痛無力**。

감기 **몸살**로 며칠 동안 누워 있었어요.
感冒導致**渾身痠痛無力**，所以躺了好幾天。

☐ 무료
free of charge
免費

例 7살이 안 된 아이는 **무료**예요.
未滿7歲的小孩**免費**。

모든 고객에게 커피를 **무료**로 드립니다.
免費供應咖啡給所有顧客。

相似 공짜　免費
相反 유료　收費

☐ 무역
trade
貿易

例 저는 **무역** 일을 하고 있어요.
我從事**貿易**工作。

대학에 가면 **무역**에 대해서 공부하고 싶어요.
若是上了大學，我想念**貿易**。

☐ 문장
sentence
文章、句子

例 틀린 **문장**을 맞게 고치세요.
請將錯誤的**句子**改正。

단어를 사용하여 **문장**을 만들어 보세요.
請試著利用單字造**句**。

□ 문제

question, trouble
題目、問題

例 ① 시험 문제가 아주 어려웠어요.
考試題目很難。

② 생활하다가 문제가 생기면 전화하세요.
若是生活上發生問題，請打電話給我。

□ 문화

culture
文化

例 한국의 문화를 더 알고 싶어요.
想更加了解韓國的文化。

저는 음식 문화에 관심이 많아요.
我對飲食文化很感興趣。

□ 미래

future
未來

例 10년 후의 미래를 생각해 보세요.
請試想10年後的未來。

미래를 위해서 열심히 살아야 해요.
為了未來著想，應該認真過生活。

相似 장래 將來
相反 과거 過去

□ 박수[박쑤]

clapping
鼓掌、拍手

例 사람들이 모두 박수를 치기 시작했어요.
所有人都開始拍起手來。

그 사람은 많은 사람의 박수를 받았어요.
那個人得到了很多人的掌聲。

名詞　第5天

☐ 반
class
班

例　여기가 초급 **반** 교실이에요.
這裡是初級**班**的教室。

오늘 우리 **반** 친구들이 모두 왔어요.
今天我們**班**的同學全來了。

☐ 발음[바름]
pronunciation
發音

例　한국어 **발음**은 아주 어려워요.
韓語**發音**很難。

책을 큰소리로 읽으면 **발음**이 좋아져요.
大聲朗讀書本的話**發音**會變好。

☐ 발표
announcement
發表

例　내일 **발표** 수업이 있어요.
明天有**發表**課。

저는 바빠서 **발표** 준비를 못했습니다.
我很忙，所以沒辦法準備**發表**。

☐ 방법
method
方法、辦法

例　무슨 좋은 **방법**이 없어요?
沒有什麼好**辦法**嗎？

이 휴대 전화의 사용 **방법**을 잘 모르겠어요.
不太清楚這支手機的使用**方法**。

☐ 방송

broadcast
廣播、播出

例 지금 음악 **방송**을 보고 있어요.
　　現在正在看音樂（節目）**播出**。

　　우리 학교가 텔레비전 **방송**에 나왔어요.
　　我們學校出現在電視（節目）**播出**了。

*방송을 하다/보다/듣다
播出／看播出／聽廣播

☐ 방학

vacation
（學校）放假

例 시험이 끝나면 바로 **방학**이에요.
　　考試結束的話就**放假**。

　　이번 **방학**에는 고향에 갔다 올 거예요.
　　這次**放假**我會返鄉一趟。

相似 휴가 休假

☐ 배달

delivery
投遞、外送

例 1인분도 **배달**이 돼요?
　　1人份也可以**外送**嗎？

　　우편**배달**은 비싸지만 안전합니다.
　　郵**寄**雖貴，卻很安全。

☐ 배탈

stomachache
肚子痛、腹瀉

例 아이스크림을 많이 먹어서 **배탈**이 났어요.
　　因為吃了很多冰淇淋，所以**肚子痛**。

　　나는 자주 **배탈**이 나서 아무거나 먹으면 안 돼요.
　　我常**腹瀉**，所以不能隨便吃。

名詞　第5天

☐ 번호
number
號碼

例 휴대 전화 **번호**가 어떻게 돼요?
手機電話**號碼**幾號？

문제가 생기면 이 **번호**로 연락하세요.
發生問題的話，請打這個**號碼**聯絡我。

☐ 병
disease
病

例 할머니가 큰 **병**에 걸리셨어요.
奶奶生了重**病**。

병을 고치러 시내에 있는 병원에 갔어요.
為了治**病**去了位於市區的醫院。

☐ 부탁
request
請求

例 한가지 **부탁**이 있습니다.
（我）有一個**請求**。

제 **부탁** 좀 들어 주세요.
請您答應我的**請求**。

*부탁을 하다/드리다
拜託（你）／拜託（您）

☐ 분위기[부뉘기]
mood, atmosphere
氛圍、氣氛

例 수업 **분위기**가 정말 좋네요.
上課**氣氛**真好呢！

커피숍 **분위기**가 마음에 들어서 자주 가요.
因為很喜歡咖啡廳裡的**氣氛**，所以常去。

□ 불

light, fire
燈、火

相似 화재 火災

例 ① 어두우니까 **불** 좀 켜 주세요.
因為很暗，所以請幫我開一下**燈**。

② 식당에 **불**이 나서 119에 전화했어요.
因為餐廳發生**火災**，所以打了119。

□ 비밀

secret
祕密

例 제 나이는 **비밀**이에요.
我的年齡是**祕密**。

사람에게는 모두 **비밀**이 있어요.
每個人都有**祕密**。

□ 빨래

laundry
（要洗的）衣物、洗衣服

例 **빨래**는 주로 엄마가 해요.
洗衣服主要是媽媽在做。

청소는 제가 하고, **빨래**는 룸메이트가 해요.
打掃是我做，**洗衣服**則是室友在做。

□ 사고

accident
事故

例 **사고** 때문에 길이 막혔어요.
因為**事故**，所以道路堵住了。

고속도로에서 **사고**가 나서 사람들이 다쳤어요.
因為高速公路上發生**事故**，導致群眾受傷了。

名詞　第5天 Quiz

Ⅰ. 다음 단어와 관계있는 것을 연결하세요.

빨래　•　　　　　　　　　•　학교에 가지 않아요.

방법　•　　　　　　　　　•　다른 사람에게 말을 하면 안돼요.

비밀　•　　　　　　　　　•　옷을 깨끗하게 빨아요.

방학　•　　　　　　　　　•　너무 많이 먹어서 배가 아파요.

배탈　•　　　　　　　　　•　어떻게 해야 해요?

Ⅱ. 다음 대화의 빈칸에 알맞은 단어를 고르세요.

01　가 : 여기 (　　)도 되나요?
　　　 나 : 10만 원 이상을 사시면 (　　)을 해 드립니다.

① 배탈　　　　　② 배달
③ 부탁　　　　　④ 무역

02　가 : 오늘 8시간 동안 쉬지도 못하고 일만 하고 있네요.
　　　 나 : 그만 쉬세요. 그러다가 정말 (　　) 나겠어요.

① 문제　　　　　② 방송
③ 박수　　　　　④ 몸살

03　이 식당은 (　　)가 정말 좋네요. 나중에 남자친구하고 오고 싶어요.

① 메모　　　　　② 문화
③ 무료　　　　　④ 분위기

04　운전할 때 전화를 받으면 (　　)가 날 수 있으니까 휴대 전화를 사용하면 안돼요.

① 뉴스　　　　　② 광고
③ 사고　　　　　④ 번호

Ⅲ. 다음 질문에 맞는 답을 고르세요.

01　다음 단어와 관계있는 말이 <u>잘못된</u> 것을 고르세요.
　　① 병 – 나다
　　② 박수 – 나다
　　③ 배탈 – 나다
　　④ 몸살 – 나다

02　다음 단어와 관계있는 말이 <u>잘못된</u> 것을 고르세요.
　　① 박수 – 생기다
　　② 사고 – 생기다
　　③ 문제 – 생기다
　　④ 비밀 – 생기다

03　두 단어의 관계가 나머지 셋과 <u>다른</u> 것을 고르세요.
　　① 무료 – 공짜
　　② 미래 – 과거
　　③ 방학 – 휴가
　　④ 빨래 – 세탁

Ⅳ. 다음 글의 빈칸에 알맞은 것을 고르세요.

> 여러분들은 어려운 일이 있을 때 혼자서 해결을 합니까? 다른 사람에게 이야기를 합니까? 저는 보통 친구에게 (　　)을 합니다. 친구가 들어주기 힘들 수도 있지만 그래도 가까운 친구들은 들어주려고 노력합니다. 저 또한 친구들이 힘들 때 도와주고요. 서로 힘들 때 도와주는 친구가 좋은 친구라고 생각합니다.

　　① 거절　　　　　　② 부탁
　　③ 고민　　　　　　④ 걱정

名詞　第6天

☐ 사이즈[싸이즈]
size
尺寸

例　이 옷은 **사이즈**가 좀 커요.
這件衣服的**尺寸**有一點大。

　　이것보다 더 큰 **사이즈**가 있어요?
有比這個再大一點的**尺寸**嗎?

相似　치수　尺寸

☐ 산책
strolling
散步

例　**산책**은 제 취미 중 하나예요.
散步是我的興趣之一。

　　적당한 **산책**이 건강에 좋아요.
適當的**散步**有益健康。

*산책을 하다　散步

☐ 상처
wound, injury
傷

例　계단에서 넘어져서 **상처**가 났어요.
在樓梯上跌倒，所以受**傷**了。

　　먼저 **상처**가 난 곳을 깨끗이 씻으세요.
請先將受**傷**的地方清洗乾淨。

*상처가 나다　受傷

☐ 상품
product
商品

例　백화점에는 여러가지 **상품**이 많아요.
百貨公司裡有很多各式各樣的**商品**。

　　명절 선물을 하려고 하는데 어떤 **상품**이 좋아요?
過節想送禮，哪一種**商品**好呢?

☐ 생신

birthday
生辰、生日

例 지난주에는 아버지 **생신**이셨습니다.
上星期是爸爸的生日。

할아버지의 **생신**이라서 선물을 준비했습니다.
因為是爺爺生日，所以準備了禮物。

*「생일（生日）」的敬語

☐ 생일

birthday
生日

例 **생일**이 언제예요?
生日是什麼時候？

작년 **생일**에는 장미꽃을 받았어요.
去年生日收到了玫瑰花。

敬語 생신 生辰、生日

☐ 생활

living, life
生活

例 유학 **생활**이 어때요?
留學生活如何？

학교에 친구가 많아서 **생활**이 재미있어요.
學校朋友很多，所以生活充滿樂趣。

☐ 서류

document
文件

例 회사 지원 **서류**를 모두 준비했어요.
應徵公司的文件全部準備好了。

입학하려면 어떤 **서류**를 준비해야 해요?
如果想要入學就讀，要準備哪些文件呢？

名詞　第6天

□ **서비스**[써비쓰]

service, goods or service without charge
服務、贈送

例 ① 이 호텔은 **서비스**가 좋아요.
　　這間飯店**服務**很好。

② 이 음식은 **서비스**로 드릴게요.
　　這個餐點**贈送**給您。

□ **선배**

senior
前輩、學長、學姊

例　저 **선배**는 인기가 많아요.
　　那位**前輩**很受歡迎。

　　졸업한 **선배**를 만나서 취업 상담을 했어요.
　　遇見畢業的**前輩**，做了就業諮詢。

相反　후배
後輩、晚輩、學弟、學妹

□ **설거지**

dish-washing
洗碗盤

例　**설거지**는 보통 남편이 해요.
　　洗碗盤通常都是老公在做。

　　저는 청소는 싫어하지만 **설거지**는 괜찮아요.
　　雖然我不喜歡打掃，但不介意**洗碗盤**。

□ **설날**[설랄]

New Year's Day
春節、大年初一

例　한국의 **설날**은 1월 1일이에요.
　　韓國的**春節**是（農曆）1月1日。

　　설날에는 많은 사람이 한복을 입어요.
　　大年初一很多人穿韓服。

□ 성격[성꺽]

例 외모보다 **성격**이 중요해요.
個性比外貌重要。

저 여자는 예쁜데 **성격**이 별로 안 좋아요.
那個女人很漂亮，不過**個性**不太好。

character
性格、個性

□ 성함

例 **성함**을 얘기해 주세요.
請告訴我您**尊姓大名**。

성함이 어떻게 되십니까?
請問您**貴姓大名**？

name
姓名

＊「이름（姓名）」的敬語

□ 세계

例 전 **세계**에는 다양한 나라가 많아요.
全**世界**有各式各樣的國家。

저는 돈이 많으면 **세계** 여행을 할 거예요.
如果我有很多錢，就要去環遊**世界**。

world
世界

□ 소리

例 지금 무슨 **소리** 못 들었어요?
剛剛沒聽到什麼**聲音**嗎？

음악 **소리**가 너무 큰데 줄여 주세요.
音樂**聲**太大了，請調小聲一點。

sound
（物品或動物發出的）聲音

名詞　第6天

☐ 소설
novel
小說

例 재미있게 읽은 **소설**이 뭐예요?
什麼**小說**讀起來會很有趣呢？

저는 앞으로 **소설**을 쓰고 싶습니다.
我將來想寫**小說**。

☐ 소식
news
消息

例 저는 아직 그 **소식**을 못 들었어요.
我還沒聽到那個**消息**。

고향에서 무슨 좋은 **소식** 못 들었어요?
你在故鄉沒聽到什麼好**消息**嗎?

☐ 소포
parcel, package
包裹

例 **소포** 안에 어떤 물건이 있어요?
包裹裡面有什麼東西?

중국으로 **소포**를 보내고 싶은데요.
我想寄**包裹**到中國。

☐ 소풍
excursion, picnic
郊遊

例 내일은 **소풍**을 가는 날입니다.
明天是去**郊遊**的日子。

저는 **소풍** 갈 때 입을 옷을 샀어요.
我買了去**郊遊**時要穿的衣服。

☐ 손님

例 **손님**, 무엇을 드릴까요?
客人，您需要什麼嗎？

종업원은 **손님**에게 친절하게 말합니다.
服務生對客人親切地說話。

customer
客人

相反 주인 主人

☐ 수도

例 한국의 **수도**는 서울이에요.
韓國的首都是首爾。

수도는 그 나라의 중심지입니다.
首都是該國的中心地。

capital, city
首都

☐ 수업

例 오늘 몇 시에 **수업**이 끝나요?
今天幾點下課？

내일은 1시에 **수업**을 시작하겠습니다.
明天1點開始上課。

classwork, lesson
課

☐ 숙제[숙쩨]

例 오늘 **숙제**가 뭐예요?
今天作業是什麼？

숙제가 어려워서 혼자 하기 힘들어요.
作業很難，所以一個人做很吃力。

homework
作業

名詞　第6天 Quiz

I. 다음 영어에 맞는 단어를 연결하세요.

ski　　•　　　　　　•　세일

size　　•　　　　　　•　스키

sale　　•　　　　　　•　사인

sign　　•　　　　　　•　서비스

service　•　　　　　　•　사이즈

II. 빈칸에 알맞은 단어를 <보기>에서 골라 쓰세요.

<보기>　생신　성함　연세　말씀　댁

01　내일이 아버지 (　　　)이세요.

02　할아버지의 (　　　)는 70세이십니다.

03　(　　　)과 연락처를 여기에 적어 주세요.

04　명절에는 가족들과 함께 할아버지 (　　　)에 갑니다.

05　저는 어렸을 때부터 할머니의 (　　　)을 잘 들었습니다.

Ⅲ. 다음 문장에 공통적으로 들어갈 수 있는 단어를 찾으세요.

01
- 저녁을 먹고 산책을 (   ).
- 숙제를 다 (   ) 친구를 만날 거예요.

① 걷다　　　② 쓰다
③ 가다　　　④ 하다

02
- 어제 넘어져서 다리에 상처가 (   ).
- 지금은 바쁘니까 시간이 (   ) 전화할게요.

① 나다　　　② 내다
③ 나오다　　④ 만들다

Ⅳ. 다음 단어 중에서 관계가 없는 것에 ○표 하세요.

01　선배　숙제　소포　수업　소풍

02　상품　사이즈　서비스　소설　세일

03　세계　서울　북경　수도　도쿄

04　생일　생신　선물　소리　축하

名詞　第7天

□ 순서
order
順序

例　다음 **순서**를 기다리세요.
請等下一個。

다음을 읽고 **순서**대로 쓰세요.
請閱讀完以下（內容）後，照**順序**寫下。

相似　차례　次序
*다음 순서　下一個

□ 스트레스
stress
壓力

例　**스트레스**는 건강에 좋지 않아요.
壓力對健康不好。

요즘 일이 많아서 **스트레스**를 받아요.
最近工作很多，所以倍感**壓力**。

*스트레스를 받다/풀다
受到／抒解壓力

□ 습관[습꽌]
habit
習慣

例　나는 혼자 살면서 나쁜 **습관**이 생겼어요.
我一個人住所以養成了壞**習慣**。

나는 밥을 먹고 커피를 마시는 **습관**이 있어요.
我有在飯後喝咖啡的**習慣**。

相似　버릇
　　　（壞）習慣、毛病
　　　습성　習性

□ 시간표
timetable
時間表

例　영화 상영 **시간표**를 보여 주세요.
請給我看電影上映的**時間表**。

이번 학기 수업 **시간표**가 나왔어요.
這學期的課**表**（上課**時間表**）出來了。

☐ 시골

countryside
鄉村、鄉下

例 내일 **시골**에서 부모님이 오실 거예요.
明天父母親會從**鄉下**來。

저는 도시보다 **시골**에서 살고 싶어요.
比起都市，我更想在**鄉下**生活。

相反 도시 都市

☐ 시내

downtown
市內、市區

例 내일 식사 후에 **시내**를 구경합시다.
明天用餐後去參觀**市區**吧！

주말에 친구와 **시내**로 나가서 놀 거예요.
週末會和朋友去**市區**玩。

相反 시외 市外、郊區

☐ 시설

facilities
設施、設備

例 우리 동네는 오락 **시설**이 부족해요.
我們社區的娛樂**設施**不足。

그 영화관은 **시설**이 좋아서 자주 가요.
因為那間電影院的**設備**很好，所以我很常去。

相似 설비 設備

☐ 시외

suburbs, outside the city area
市外、郊區

例 저는 공기 좋은 **시외**에서 살고 있어요.
我住在空氣好的**郊區**。

휴일에 가족들과 **시외**로 나가서 놀았어요.
假日和家人去**郊區**玩了。

相反 시내 市內、市區

名詞　第7天

☐ 시작
beginning
開始

> 例　시험 **시작**은 9시입니다.
> 考試是9點**開始**。
>
> 모든 일은 **시작**이 있으면 끝이 있다.
> 任何事都要有**始**有終。

相反　끝　結束
*시작을 하다
（主動）開始
시작이 되다
（被動）開始

☐ 시험
examination
考試

> 例　다음 주 월요일에 **시험**이 있어요.
> 下星期一有**考試**。
>
> 1과부터 8과까지 **시험**을 보겠어요.
> **考試**會從第1課考到第8課。

☐ 식사[식싸]
meal
飯、餐、用餐

> 例　**식사**는 천천히 하세요.
> 請慢慢**用餐**。
>
> 저녁 **식사** 후에 산책을 했어요.
> 晚上**用餐**後去散步了。

☐ 신청서
application
申請書

> 例　등록하시려면 **신청서**를 쓰세요.
> 若想註冊就請填寫**申請書**。
>
> 다음 학기에도 계속 공부하려면 재등록 **신청서**를 쓰세요.
> 若下學期也想要繼續念，就請填寫續報**申請書**。

☐ 신호등

traffic light
信號燈、紅綠燈

例 저 **신호등**을 지나서 내려 주세요.
過了那個紅綠燈後請讓我下車。

신호등에는 보통 빨간색, 노란색, 초록색이 있어요.
紅綠燈通常有紅色、黃色、綠色。

☐ 실수[실쑤]

mistake
失誤

例 **실수** 없이 하세요.
請勿有任何失誤。

실수는 누구나 할 수 있어요.
任誰都有可能失誤。

*실수를 하다 失誤

☐ 쓰레기

trash
垃圾

例 이곳에 **쓰레기**를 버리지 마십시오.
請別將垃圾丟在這裡。

영화관 안에서 **쓰레기**를 버리면 안 돼요.
電影院內禁止丟垃圾。

☐ 아침

morning, breakfast
早上、早飯

例 ① 저는 항상 **아침** 7시에 일어나요.
我總是在早上7點起床。

② 오늘 **아침**을 못 먹어서 배가 고파요.
今天沒能吃早餐，所以肚子好餓。

*아침-점심-저녁
早上／早餐–中午／午餐–晚上／晚餐

名詞　第7天

□ 약속 [약쏙]
promise, appointment
約定、約會

例　제 친구는 **약속**을 잘 지켜요.
我的朋友很遵守**約定**。

　　수업이 끝나고 친구와 **약속**이 있습니다.
下課後和朋友有**約**。

*약속이 있다/없다
有／沒有約
*약속을 지키다
遵守約定

□ 양
quantity
量

例　그 식당은 **양**도 많고 가격도 싸서 좋아요.
那間餐廳**份量**多，價格又便宜，所以很好。

　　학생식당은 **양**이 많아서 학생들이 많이 가요.
學生餐廳（給的）**份量**很多，所以學生常去。

相反　질　질

□ 어젯밤 [어제빰/어젣빰]
last night
昨夜、昨晚

例　**어젯밤**에 늦게 잤어요.
昨夜很晚睡。

　　어젯밤에 친구들과 파티를 했어요.
昨晚和朋友開了派對。

□ 얼마
how much, how many, how far...
多少（錢）

例　모두 **얼마**예요?
總共**多少錢**？

　　이 가방이 **얼마**인지 아세요?
您知道這個包包**多少錢**嗎？

□ 여기저기

here and there
到處

例 여행하는 동안 **여기저기** 구경했어요.
旅行期間**到處**參觀。

여기저기에서 고향 사람들을 만났어요.
到處遇見家鄉的人。

相似 이곳저곳 到處

□ 여행

trip
旅行

例 **여행**은 언제나 즐거워요.
旅行總是很開心。

이번 방학에 제주도로 **여행**을 가요.
這次放假要去濟州島**旅行**。

□ 연락처[열락처]

contact information
聯絡方式、通訊處

例 **연락처** 좀 알려 주세요.
請告訴我您的**聯絡方式**。

지난주에 이사해서 **연락처**가 바뀌었어요.
上星期搬家,所以**通訊處**換了。

□ 연세

age
年紀、年歲

例 **연세**가 어떻게 되세요?
請問您**貴庚**?

아버지의 **연세**는 예순 하나이십니다.
爸爸的**年紀**是61歲。

*「나이(年齡)」的敬語

55

名詞　第7天 Quiz

Ⅰ. 다음 단어의 반대말을 <보기>에서 골라 쓰세요.

<보기>　끝　질　도시　시외

01　양 ↔ ___　　02　시내 ↔ ___

03　시작 ↔ ___　　04　시골 ↔ ___

Ⅱ. 다음 단어와 어울리는 동사를 연결하세요.

시험　·　　　　·　먹다

아침　·　　　　·　보다

스트레스　·　　·　풀다

약속　·　　　　·　지키다

여행　·　　　　·　내다

신청서　·　　　·　가다

Ⅲ. 다음 단어를 보고 연상되는 단어를 <보기>에서 골라 쓰세요.

<보기>   여행   식사   시험   쓰레기

01   학생   점수   학교   중간   기말   ⇨ _____

02   방학   바다   해외   자유   신혼   ⇨ _____

03   식당   아침   점심   저녁   밥   빵   ⇨ _____

04   휴지   분리수거   종이컵   음식물   ⇨ _____

Ⅳ. (   )에 알맞은 단어를 <보기>에서 골라 쓰세요.

<보기>   약속   얼마   쓰레기   여기저기

01   (   )를 길에 버리면 안 돼요.

02   우유하고 빵을 주세요. 모두 (   )예요?

03   명동 (   )에 외국 사람들이 많아요.

04   친구와 (   )이 있어요. 1시에 학교 앞에서 만날 거예요.

名詞　第8天

☐ 연휴
holiday
連休、連假

例　**연휴**에 해외여행을 가는 사람이 많아요.
　　連休出國旅行的人很多。

　　올해 추석은 3일 동안 쉴 수 있는 **연휴**예요.
　　今年中秋是可以休息3天的**連假**。

☐ 열
fever
（發）熱、（發）燒

*열이 나다/있다　發燒

例　**열**도 있고 목도 아파요.
　　發**燒**而且喉嚨很痛。

　　열이 나서 집에서 쉬었어요.
　　因為發**燒**，所以在家休息了。

☐ 영화
movie
電影

例　나는 주말에 친구와 **영화**를 봤어요.
　　我週末和朋友看了**電影**。

　　어제 본 **영화**가 정말 재미있었어요.
　　昨天看的**電影**真的很好看。

☐ 영화표
movie ticket
電影票

例　**영화표** 두 장 주세요.
　　請給我兩張**電影票**。

　　주말에 영화를 보려면 미리 **영화표**를 예약하세요.
　　週末想看電影的話，請事先預訂**電影票**。

☐ 예약

reservation
預訂

例 이번 주말에는 **예약**이 모두 완료되었습니다.
這個週末**預約**全部滿了。

이미 표가 매진되어서 **예약**이 불가능합니다.
因為門票已售罄,所以無法**預約**。

☐ 옛 날[옌 날]

the old days
昔日、以前、古時候

例 가게에는 **옛날** 물건과 기념품이 많습니다.
店裡有很多**古時候**的物品與紀念品。

한국 사람들은 **옛날**에 한복을 많이 입었어요.
韓國人**以前**很常穿韓服。

☐ 오랜만

a long time(since the last time)
隔了好久

例 **오랜만**이에요. 반가워요.
好久不見。很高興(見到你)。

오랜만에 친구를 만나서 정말 좋았습니다.
和朋友**久別**重逢真的很開心。

☐ 오랫동안[오래똥안/오랟똥안]

for a long time
很久、長期

例 한국에서 **오랫동안** 살고 싶어요.
我想**長期**住在韓國。

저는 **오랫동안** 한국어를 배웠어요.
我學了**很久**的韓文。

名詞　第8天

□ 외국
foreign country
外國

例 사장님은 지금 **외국** 출장 중이십니다.
社長現在正在**國外**出差。

불고기는 **외국** 사람들도 좋아하는 한국 음식입니다.
烤肉是**外國**人也喜歡的韓國食物。

相反 본국 本國

□ 요금
charge
費用

例 지하철 **요금**이 얼마예요?
地下鐵**費用**多少?

이번 달에 가스 **요금**이 많이 나왔어요.
這個月瓦斯**費**很高。

相似 비용 費用

□ 요리
cooking
菜、料理

例 우리 엄마는 **요리**를 잘하세요.
我媽媽很會做**菜**。

저는 한국 **요리**를 배우고 싶습니다.
我想學做韓國**料理**。

相似 음식 菜

□ 요즘
nowadays
近來

例 저는 **요즘** 일이 많아서 바빠요.
我**最近**工作很多,所以很忙。

저는 **요즘** 다이어트를 하는 중이에요.
我**最近**正在減肥。

相似 최근, 요즈음 最近
　　 근래 近來

□ 월급

salary
月薪

例 **월급**을 받고 부모님 선물을 샀어요.
領到**月薪**後買了父母親的禮物。

지난주에 회사에서 첫 **월급**을 받았어요.
上星期從公司領到了第一份**月薪**。

相似 급여 薪水
　　 봉급 俸給

□ 월세[월쎄]

monthly rent
房租、月租

例 학교 근처라서 **월세**가 조금 비싸요.
因為是學校附近，所以**房租**有一點貴。

지금 살고 있는 집은 **월세**가 얼마예요?
現在住的房子**月租**多少？

□ 웬일[웬닐]

what matter
怎麼回事

例 여기까지 **웬일**이세요?
你**怎麼**會來這裡？

항상 빨리 오는 사람이 **웬일**로 늦었어요?
向來很快就來的人**怎麼**遲到了呢？

□ 유학

studying abroad
留學

例 저는 한국어를 배우러 **유학**을 왔어요.
我來**留學**學韓語。

대학을 졸업한 후에 **유학**을 가려고 해요.
大學畢業後想去**留學**。

名詞　第8天

□ 유행
trend
流行

例　짧은 치마가 요즘 **유행**이에요.
短裙最近很**流行**。

이 색깔이 요즘 **유행**이니까 입어 보세요.
這個顏色最近很**流行**，請您試穿看看。

□ 음악
music
音樂

例　저는 조용한 **음악**을 좋아해요.
我喜歡安靜的**音樂**。

나는 보통 주말에 **음악**을 들어요.
我通常在週末聽**音樂**。

□ 의미
meaning
意思、意義

例　이 문장의 **의미**가 뭐예요?
這句話的**意思**是什麼？

相似　뜻　意思

제 인생의 **의미**는 행복이에요.
我人生的**意義**是幸福。

□ 이름
name
名字

例　**이름**이 뭐예요?
你叫什麼**名字**？

선생님이 제 친구의 **이름**을 물어 봤어요.
老師問了我朋友的**名字**。

☐ 이메일

e-mail
電子郵件

例 부모님에게 **이메일**을 자주 보내요.
經常寄**電子郵件**給父母親。

저는 주로 **이메일**로 친구들과 연락해요.
我主要用**電子郵件**和朋友聯絡。

☐ 이번

this time
這次

例 **이번** 시험은 꼭 잘 보겠습니다.
這次考試一定要考好。

저는 **이번** 방학에 친구와 여행을 할 거예요.
我**這次**放假要和朋友去旅行。

*지난-이번-다음
 上次–這次–下次

☐ 이사

moving, changing residence
搬家

例 언제 **이사**를 오셨어요?
您什麼時候**搬**來的呢？

주말에 학교 근처로 **이사**를 갈 거예요.
週末要**搬**去學校附近。

*이사를 하다/가다/오다
 搬家／去／來

☐ 이유

reason
理由

例 두 사람이 헤어진 **이유**가 뭐예요?
兩個人分手的**理由**是什麼？

저는 그 **이유**를 아직 모르겠습니다.
我還不知道那個**理由**。

相似 원인 原因

名詞　第8天 Quiz

Ⅰ. 다음 질문에 맞는 답을 <보기>에서 골라 쓰세요.

<보기>　월세　유학　월급　영화표

01　다른 나라에 가서 공부하는 것은?　⇨ _____

02　회사에서 한 달에 한 번씩 주는 돈은?　⇨ _____

03　영화관에서 영화를 보려면 먼저 무엇을 사야 해요?　⇨ _____

04　집 주인에게 한 달에 한 번씩 집값을 줘요. 이것은?　⇨ _____

Ⅱ. 다음 단어와 관계있는 말이 <u>잘못</u> 연결된 것을 고르세요.

01　① 영화 – 보다
　　② 외국 – 가다
　　③ 요리 – 치다
　　④ 월급 – 받다

02　① 열 – 나다
　　② 유행 – 하다
　　③ 월세 – 내다
　　④ 유학 – 보다

03　① 음악 – 나다
　　② 예약 – 하다
　　③ 이사 – 가다
　　④ 이메일 – 쓰다

Ⅲ. (   )에 알맞은 단어를 <보기>에서 골라 쓰세요.

<보기> 연휴   요즘   오랜만   오랫동안   요금

01 (   ) 새로 나온 영화가 뭐가 있어요?

02 초등학교 때 친구들을 (   )에 만났어요.

03 내일부터 추석 (   )라서 4일 동안 쉽니다.

04 (   ) 사귀었던 여자친구와 헤어져서 힘들어요.

05 택시 기본 (   )이 다음 달부터 오른다고 해요.

Ⅳ. 다음 단어를 사용해서 문장을 만드세요.

01 요즘   유행   영화
    ⇨ _____

02 이번   월급   월세
    ⇨ _____

03 영화   영화표   예약
    ⇨ _____

名詞　第9天

□ 인구
population
人口

例　중국의 **인구**는 13억이 넘어요.
中國的**人口**超過13億。

세계에서 **인구**가 가장 많은 나라는 어디예요?
世界上**人口**最多的國家是哪裡？

□ 인기[인끼]
popularity
人氣

例　그 배우는 **인기**가 많아요.
那個演員很受**歡迎**。

요즘 학생들에게 **인기**가 많은 가수가 누구예요?
最近很受學生**歡迎**的歌手是誰？

*인기가 있다/없다/많다
受／不受／很受歡迎、
有／沒有／很有人氣

□ 인상
impression
印象

例　그 사람은 **인상**이 참 좋아요.
那個人給人的**印象**很好。

저는 처음 만날 때 **인상**이 중요하다고 생각해요.
我認為初次見面時的**印象**很重要。

*첫인상　第一印象

□ 인터넷
internet
網路

例　요즘은 휴대 전화로 **인터넷**을 할 수 있어요.
最近能用手機上**網**。

요즘에는 **인터넷**으로 무엇이든지 할 수 있어요.
最近透過**網路**無論什麼都可以辦到。

☐ 일기

diary
日記

例 쓰기를 연습하려고 매일 **일기**를 써요.
為了練習寫作,每天都寫日記。

어렸을 때 썼던 **일기**를 보고 많이 웃었어요.
看了小時候寫的日記後捧腹大笑。

☐ 일기예보

weather report
天氣預報

例 신문에서 **일기예보**를 봤어요.
看了報紙上的天氣預報。

뉴스에서 매일 **일기예보**를 알려 줍니다.
新聞每天都會報天氣預報。

☐ 일상생활[일쌍생활]

daily life
日常生活

例 한국어를 잘 해서 **일상생활**에 문제가 없어요.
因為韓語很好,所以日常生活上沒有問題。

우리는 **일상생활** 속에서 행복을 느껴야 해요.
我們要從日常生活中感受幸福。

☐ 입구[입꾸]

entrance
入口

例 지하철 **입구**가 어디예요?
地下鐵入口在哪裡?

가능하면 **입구** 쪽 자리로 주세요.
請盡可能給我靠入口的位子。

相反 출구 出口

名詞 第9天

□ 입학 [이팍]

entry to school or university
入學

例 대학교 **입학** 전에 다이어트를 했어요.
在大學**入學**前減肥了。

고등학교 **입학** 선물로 운동화를 받았어요.
高中**入學**禮物收到了運動鞋。

相反 졸업 畢業

□ 자료

data
資料

例 **자료**를 보기 좋게 순서대로 정리했어요.
為了方便閱讀**資料**，照順序整理了。

리포트를 써야 해서 필요한 **자료**를 모으고 있어요.
因為要寫報告，所以正在收集需要的**資料**。

□ 자리

seat, post, place
座位、位子、職位

例 ① 버스에는 **자리**가 하나도 없었어요.
公車上一個**座位**也沒有。

② 과장님은 지금 회의 중이라서 **자리**에 안 계십니다.
因為課長現在正在開會，所以不在**位子**上。

□ 자신

oneself
自身、自己

例 자기 **자신**의 얼굴을 그려 보세요.
請畫畫看你**自己**的臉。

사람은 누구나 **자신**의 행복을 위해서 노력합니다.
每個人都在為**自己**的幸福而努力。

□ 자유

freedom
自由

例 누구나 **자유**를 원해요.
任誰都想要**自由**。

혼자 살면 **자유**가 있어서 좋아요.
因為一個人住很**自由**，所以很好。

相反 구속 拘束

□ 잔치

feast
宴會

例 시험에 합격해서 축하 **잔치**를 열었어요.
慶祝考試合格，所以辦了慶祝**宴**。

아기가 태어나고 첫 번째 생일에는 **잔치**를 해요.
小孩出生後第一個生日要辦（周歲）**宴**。

相似 파티 派對
*돌잔치 周歲宴
  환갑잔치 六十壽宴

□ 장마철

rainy season
梅雨季節

例 **장마철**에는 습기가 많아서 불편해요.
因為**梅雨季節**溼氣很重，所以很不舒服。

여름에 비가 많이 오는 시기를 **장마철**이라고 해요.
夏天時常下雨的時期稱為「**梅雨季**」。

□ 장점[장쩜]

strong point, advantage
長處、優點

例 그 사람의 **장점**이 뭐예요?
那個人的**長處**是什麼？

이 휴대 전화는 **장점**이 많아요.
這個手機的**優點**很多。

相反 단점 短處、缺點
  결점 缺點

名詞　第9天

☐ 재료
ingredient
材料

例　음식에 **재료**를 너무 많이 넣지 마세요.
請別在食物裡放入太多**材料**。

먼저 **재료**를 산 후에 요리를 만들었어요.
先買好**材料**後做了料理。

☐ 저녁
dinner, evening
晚飯、晚上

例　① **저녁**을 먹고 산책을 합시다.
吃完**晚餐**後去散步吧！

② 오늘 **저녁**에는 한국 음식을 먹을 거예요.
今天**晚上**要吃韓國料理。

*아침-점심-저녁
早上／早餐– 中午／午餐– 晚上／晚餐

☐ 전
before
以前

例　조금 **전**에 밥을 먹었어요.
不久**前**吃了飯。

며칠 **전**에 그 영화를 봤어요.
幾天**前**看了那部電影。

相反　후　後

☐ 전공
major
專攻、主修

例　제 **전공**은 수학입니다.
我的**主修**是數學。

대학에서 **전공**이 뭐예요?
在大學**主修**什麼？

☐ 전통

tadition
傳統

例 한복은 한국의 **전통** 옷이에요.
韓服是韓國的**傳統**服飾。

저는 한국의 **전통** 문화에 관심이 많아요.
我對韓國的**傳統**文化很感興趣。

相反 현대 現代

☐ 전화번호

phone number
電話號碼

例 **전화번호**가 몇 번이에요?
電話號碼是幾號？

전화번호를 좀 가르쳐 주세요.
請告訴我一下**電話號碼**。

☐ 점수

score
分數

例 이번 시험 **점수**가 어때요?
這次考試**分數**如何？

열심히 공부하면 좋은 **점수**를 받을 수 있을 거예요.
認真念書的話就會拿到好**分數**。

☐ 점심

lunch, lunch time
午餐、中午

例 ① **점심**을 먹고 학교에 갈 거예요.
吃完**午餐**後要去學校。

② **점심**에 친구와 만나서 영화를 보려고요.
打算**中午**和朋友見面後去看電影。

*아침-점심-저녁
早上／早餐– 中午／午餐–
晚上／晚餐

名詞　第9天 Quiz

Ⅰ. 다음 <보기>에서 알맞은 단어를 골라 (　)에 써 보세요.

<보기>　인구　　일기　　일기예보　　장마철　　점수

01　뉴스나 신문에서 날씨에 대해서 알려줘요.　　　　　　　(　　　)

02　여름에 며칠 동안 계속 비가 오는 시기예요.　　　　　　(　　　)

03　매일 자기 전에 그날 무엇을 했는지 이것을 써요.　　　　(　　　)

04　세계에서 이것이 가장 많은 나라는 중국과 인도예요.　　(　　　)

05　시험을 본 후에 이것을 알 수 있어요.　　　　　　　　　(　　　)

Ⅱ. (　　)에 공통으로 들어갈 단어를 쓰세요.

이것은 한국의 (　　) 옷이에요.　　　　이것은 한국의 (　　) 결혼식이에요.

이것은 한국의 (　　) 음식이에요.　　　이것은 한국의 (　　) 놀이인 사물놀이예요.

Ⅲ. 다음 단어의 반대말을 연결하세요.

전　　•　　　　　　　•　단점

장점　•　　　　　　　•　출구

입구　•　　　　　　　•　졸업

입학　•　　　　　　　•　후

Ⅳ. 다음을 읽고 맞으면 ○, 틀리면 X 하세요.

<나의 일상생활>

오전 9시부터 1시까지 언어교육원에서 한국어 수업이 있어요. 그리고 점심을 먹은 후 네 시간 동안 커피숍에서 아르바이트를 해요. 6시에 아르바이트가 끝난 후에 집에 가서 저녁을 먹어요. 저녁을 먹은 후 텔레비전을 보거나 영화를 봐요. 그럼 벌써 9시예요. 9시부터는 한국어 숙제를 해요. 숙제가 많아서 시간이 오래 걸려요. 두 시간 동안 숙제와 복습을 해요. 항상 시간이 없어요. 보통 12시쯤에 잠을 자요. 한국에 와서 재미있게 보내고 싶지만 나의 일상생활은 많이 바쁘고 힘들어요. 나중에 대학교에 입학하면 꼭 재미있게 보내고 싶어요.

01 나는 대학생이에요.　　　　　　　　　　　　　　　(　　)

02 나는 저녁을 먹기 전에 영화를 봐요.　　　　　　　(　　)

03 나는 지금 한국에서 재미있게 보내고 있어요.　　　(　　)

04 나는 네 시간씩 한국어 공부와 아르바이트를 해요.　(　　)

名詞　第10天

□ 정도
degree
程度、大約、左右

例　돈이 얼마 **정도** 필요해요?
　　大約需要多少錢？

　　오늘 기온이 영하 3도 **정도**라고 했어요.
　　今天氣溫零下3度**左右**。

相似　쯤　程度、左右、大概

□ 정보
information
資訊、情報

例　중요한 **정보**는 메모하세요.
　　重要的**資訊**請做筆記。

　　인터넷으로 새로운 **정보**를 찾았어요.
　　用網路找到了新**資訊**。

□ 제목
title
題目、（歌曲或書籍的）名稱

例　지금 나오는 노래 **제목**이 뭐예요?
　　現在放的歌曲**歌名**是什麼？

　　재미있게 본 책 **제목**은 '내일'이에요.
　　看了一本好看的書，**書名**是《明天》。

相似　타이틀　標題

□ 제일
first, the most
最

例　여행한 곳 중에서 어디가 **제일** 좋아요?
　　旅行過的地方中**最**喜歡哪裡？

　　한국 음식 중에서 김치찌개를 **제일** 좋아해요.
　　韓國料理中**最**喜歡泡菜鍋。

相似　가장　最

☐ 종류 [종뉴]

type
種類

例 이 가게에는 반찬 **종류**가 많네요.
這家店的小菜**種類**很多呢！

큰 서점에는 여러 가지 **종류**의 책이 있어요.
大型書店有各種**種類**的書籍。

☐ 졸업 [조럽]

graduation
畢業

例 다음 주에 **졸업** 시험이 있어요.
下週有**畢業**考。

졸업 후에 취직을 하려고 해요.
畢業後打算就業。

相反 입학 入學

☐ 종일

all day
整天

例 하루 **종일** 집에서 잠만 잤어요.
一**整天**都在家睡覺了。

내일이 시험이라서 **종일** 공부만 했어요.
明天要考試，所以**整天**都在念書。

相似 내내 一直
　　 계속 繼續

☐ 주변

environs, in the area of
周邊

例 학교 **주변**에 맛있는 식당이 있어요?
學校**周邊**有好吃的餐廳嗎？

집 **주변**이 너무 시끄러워서 이사를 하려고 해요.
家**周邊**太吵了，所以打算搬家。

相似 근처 附近

名詞　第10天

□ 주소

address
地址

例　물건 받으실 **주소**를 말씀해 주세요.
請告訴我您的收件**地址**。

여기에 이름, **주소**, 연락처를 써 주세요.
請您在這裡寫下姓名、**地址**、聯絡方法。

□ 주인

host, one's lord
主人、老闆

例　가게 **주인**은 안 계세요?
店**主人**不在嗎？

식당 **주인**이 정말 친절해요.
餐廳**老闆**真的很親切。

相反　손님　客人
　　　고객님　顧客

□ 줄

line, row
行列

例　표를 사려고 **줄**을 섰어요.
想要買票而排了**隊**。

공연장 앞에 **줄**을 선 사람들이 많네요.
在公演場所前排**隊**的人很多呢！

*줄을 서다　排隊

□ 중심

center
中心、核心、重心

例　이 책의 **중심** 내용이 뭐예요?
這本書的**核心**內容是什麼？

우리 가족의 **중심**은 아버지예요.
我們家族的**重心**是爸爸。

相似　핵심　核心

□ 증세

symptom
症狀

例 어떻게 아파요? **증세**를 말해 주세요.
是怎樣不舒服？請告訴我您的症狀。

종일 쉬니까 **증세**가 많이 좋아졌어요.
整天休息，所以症狀好很多了。

□ 지방

region
地方

例 **지방**마다 축제가 많이 있어요.
每個地方都有很多慶典。

다음 주에 **지방**으로 출장을 가요.
下星期要去外地出差。

相反 도시 都市

□ 질

quality
品質、材質

例 이 옷은 **질**이 참 좋네요.
這件衣服的材質很好呢！

그 상품은 **질**이 좋습니다.
那個商品的品質很好。

相似 품질 品質
相反 양 量

□ 처음

for the first time
初次

例 **처음** 뵙겠습니다.
初次見面。

9살 때 **처음** 해외여행을 했어요.
9歲時第一次出國旅行。

相反 마지막 最後

名詞　第10天

☐ 최고
the most, supreme, highest
最棒、最佳

例 이번 생일에 **최고**로 좋은 선물을 받았어요.
這次生日**最棒**的是收到了很好的禮物。

스트레스를 받을 때는 운동을 하는 게 **최고**예요.
壓力大的時候運動**最棒**了。

☐ 추억
memory
回憶

例 앞으로 많은 **추억**을 만들고 싶어요.
往後想要製造很多**回憶**。

옛날 사진을 보니 **추억**이 많이 생각났어요.
看到以前的照片，想起了很多**回憶**。

☐ 축제[축쩨]
festival
慶典

例 이번 주말에 **축제**에 갈 거예요.
這次週末會去參加**慶典**。

학교 **축제** 준비 때문에 시간이 없어요.
因為要準備校**慶**，所以沒有時間。

相似 페스티벌　節慶

☐ 출구
exit, way out
出口

例 몇 번 **출구**로 나가야 해요?
要從幾號**出口**出去呢？

명동역 5번 **출구**로 나오세요.
請從明洞站5號**出口**出來。

相反 입구　入口

□ **출장[출짱]**

　　business trip
　　出差

> 例　다음 주에 **출장**을 가야 해요.
> 　　下週要去**出差**。
>
> 　　해외 **출장**이 많아서 좀 바빠요.
> 　　因為常到國外**出差**，所以有一點忙。

□ **취미**

　　hobby
　　興趣、愛好

> 例　**취미**가 뭐예요?.
> 　　**興趣**是什麼？
>
> 　　제 **취미**는 영화 보기예요.
> 　　我的**興趣**是看電影。

□ **친구**

　　friend
　　朋友

> 例　저는 친한 **친구**가 많아요.
> 　　我的好**朋友**很多。
>
> 　　제 **친구**는 성격이 좋아서 인기가 많아요.
> 　　我的**朋友**個性很好，所以很受歡迎。

□ **키**

　　height
　　個子

> 例　작년보다 **키**가 많이 컸어요.
> 　　**個子**比去年高了很多。
>
> 　　저는 **키**가 작고 귀여운 여자가 좋아요.
> 　　我喜歡**個子**嬌小又可愛的女生。

*키가 크다/작다
個子高／矮

名詞　第10天 Quiz

Ⅰ. 다음 서로 관계있는 단어를 연결하세요.

출장　•　　　　　•　서다

줄　•　　　　　•　가다

정보　•　　　　　•　하다

졸업　•　　　　　•　만들다

추억　•　　　　　•　찾다

Ⅱ. 다음 두 단어의 관계가 나머지 셋과 다른 것을 고르세요.

01　① 질 – 양
　　② 지방 – 도시
　　③ 처음 – 먼저
　　④ 졸업 – 입학

02　① 정보 – 소식
　　② 제일 – 가장
　　③ 입구 – 출구
　　④ 주변 – 근처

Ⅲ. 다음 질문에 대답해 보세요.

질문	대답
1. 최고로 행복한 때는?	
2. 제일 좋아하는 친구는?	
3. 제일 좋아하는 음식은?	
4. 제일 재미있는 책 제목은?	
5. 집 주변에서 제일 맛있는 식당은?	

Ⅳ. 다음 (   )에 알맞은 단어를 <보기>에서 골라 쓰세요.

<보기>   처음   추억   취미   키   정도   졸업   친구

저의 (1) 이름은 에리나예요.
에리나는 얼굴도 예쁘고 (2)도 커요.
에리나와 고등학교 입학식 때 (3) 만났어요.
그리고 고등학교 (4) 후에 같은 대학교에 진학했어요.
그래서 에리나를 만난 지 지금까지 7년 (5) 됐어요.
에리나의 (6)는 노래부르기예요.
그래서 에리나와 만나면 노래방에 자주 가요.
저는 앞으로 에리나와 좋은 (7)을 많이 만들고 싶어요.

名詞　第11天

□ 특징[특찡]
feature
特徵

例 그 사람은 어떤 **특징**이 있어요?
那個人有什麼樣的**特徵**呢？

이 그림의 **특징**을 잘 생각해 보세요.
請好好想想看這幅畫的**特徵**。

□ 파티
party
派對

例 어제 친구 생일 **파티**는 재미있었어요.
昨天朋友生日**派對**很有趣。

크리스마스 **파티**는 호텔에서 할 예정이에요.
耶誕**派對**打算在飯店辦。

相似 잔치 宴席

□ 패션
fashion
時裝、流行時尚

例 친구는 **패션**에 관심이 많아요.
朋友對**流行時尚**很感興趣。

요즘 사람들은 **패션**이 비슷해요.
最近的人**流行的穿著打扮**都差不多。

□ 포장
wrapping, packing
包裝

例 **포장**을 예쁘게 해 주세요.
請幫我**包裝**得漂亮一點。

포장만 봐도 무슨 물건인지 알겠어요.
光看**包裝**就知道是什麼東西了。

☐ 표현

expression
表達、表現

例 한국 사람들은 감정 **표현**이 서툴러요.
韓國人不擅於**表達**情感。

부모님께 감사의 **표현**으로 선물을 했어요.
為了對父母**表達**謝意而送了禮物。

☐ 프로그램

program
節目、程序

例 요즘 인기 있는 **프로그램**이 뭐예요?
最近受人歡迎的**節目**是什麼？

어제 본 TV **프로그램** 제목이 '개그콘서트'예요.
昨天看的電視**節目**名稱是「搞笑演唱會」。

☐ 하숙

boarding
寄宿

例 **하숙**과 자취 중에서 어떤 게 좋을까요?
寄宿與獨自生活當中比較喜歡哪一種？

하숙을 하면서 외국 친구들을 많이 사귀었어요.
寄宿時交到了很多外國朋友。

*하숙집 寄宿處

☐ 학기[학끼]

semester
學期

例 이번 **학기**가 마지막 **학기**예요.
這**學期**是最後一個**學期**。

이번 **학기**가 끝난 후에 고향에 돌아갈 거예요.
這**學期**結束後要返回故鄉。

名詞 第11天

☐ 학년[항년]
grade
年級

例 아들이 몇 **학년**이에요?
兒子是幾**年級**呢？

저는 올해 대학교에 입학한 1**학년** 신입생이에요.
我是今年大學入學的1**年級**新生。

☐ 한번
once
一次

例 **한번** 입어보고 결정하세요.
請穿**一次**看看再決定。

제가 만든 건데 **한번** 먹어 보세요.
（這是）我做的，請吃**一次**看看。

☐ 한자[한짜]
Chinese character
漢字

例 **한자**를 사용하는 나라가 많아요.
使用**漢字**的國家很多。

이 책은 **한자**가 많아서 읽기 힘들어요.
這本書的**漢字**很多，所以閱讀起來很吃力。

☐ 할인[하린]
discount
折扣

相似 세일 折扣

例 학생은 **할인**을 받을 수 있습니다.
學生享有**折扣**。

할인 기간은 이번 주말까지입니다.
折扣期間到這個週末。

□ **해외**　　　　　　　　　　　　　overseas
　　　　　　　　　　　　　　　　　海外、國外

例　저는 **해외**에서 살고 싶어요.　　相反　국내 國內
　　我想在**國外**生活。

　　해외로 여행을 가려고 해요.
　　我想去**海外**旅行。

□ **행복**　　　　　　　　　　　　　happiness
　　　　　　　　　　　　　　　　　幸福

例　**행복**이 뭐라고 생각하세요?　　相反　불행 不幸
　　您認為**幸福**是什麼呢?

　　저의 **행복**은 우리 가족이에요.
　　我的**幸福**就是我的家人。

□ **행사**　　　　　　　　　　　　　event
　　　　　　　　　　　　　　　　　活動

例　오늘은 이곳에서 어떤 **행사**가 있어요?
　　今天這裡有什麼**活動**嗎?

　　어린이날에는 놀이공원에서 여러 가지 **행사**가 많습니다.
　　兒童節遊樂園裡有各式各樣的**活動**。

□ **현금**　　　　　　　　　　　　　cash
　　　　　　　　　　　　　　　　　現金

例　**현금** 영수증이 필요하세요?
　　您需要**現金**收據嗎?

　　식사 비용을 **현금**으로 계산할게요.
　　餐費用**現金**結帳。

名詞　第11天

□ 현재
the present
現在

例　과거보다는 **현재**가 더 중요해요.
比起過去，**現在**更重要。

현재 살고 있는 집은 마음에 들어요?
現在住的房子，您滿意嗎？

*과거-현재-미래
過去–現在–未來

□ 혼자
alone
一個人

例　교실에 나 **혼자**뿐이에요.
教室裡只有我**一個人**。

저는 항상 **혼자**가 아니라고 생각해요.
我總是覺得（自己）不是**一個人**。

□ 홈페이지
home page
網頁

例　표는 **홈페이지**에서 미리 예약하세요.
票請事先在**網頁**上預訂。

자세한 사항은 **홈페이지**를 참조하세요.
詳情請參考**網頁**。

□ 회의[회이]
meeting
會議

例　지금은 **회의** 중입니다.
現在在**會議**中。

조금 쉰 후에 **회의**를 다시 시작하겠습니다.
稍做休息後再開始**開會**。

☐ 후

after
後

例 조금 **후**에 영화가 시작될 거예요.
稍**後**電影就要開始了。

식사를 하시고 30분 **후**에 약을 드세요.
請用完餐30分鐘**後**再服藥。

相反 전 前

☐ 휴가

leave
休暇

例 **휴가**에 바다에 갈까요?
休假要不要去海邊呢？

이번 **휴가** 때 해외여행을 가려고 해요.
打算這次**休假**時出國旅行。

相似 방학 放假

☐ 휴일

holiday
假日

例 **휴일**이라서 집에서 쉬고 있어요.
因為**假日**，所以在家休息。

휴일에는 놀이공원에 사람이 많아요.
假日遊樂園裡人很多。

☐ 힘

strength
力氣

例 저 사람은 건강하고 **힘**이 세요.
那個人很健康且**力氣**大。

오늘 **힘**이 없어 보여요. 어디 아파요?
今天看起來無精打采（沒有**力氣**）。是哪裡不舒服嗎？

名詞　第11天 Quiz

Ⅰ. 다음 그림을 보고 맞는 단어를 <보기>에서 골라 쓰세요.

<보기>　한자　현금　홈페이지　파티

01　　　　　　　　　　　　　　02

（　　）　　　　　　　　　　　　（　　）

03　　　　　　　　　　　　　　04

www.abc.com　　　　　　　　一 二 三

（　　）　　　　　　　　　　　　（　　）

Ⅱ. (　　)에 알맞은 단어를 <보기>에서 찾아 쓰세요.

<보기>　학년　할인　혼자　휴가　회의

01　올해 신입생이에요. 일(　　)이에요.

02　이번 여름(　　)에는 어디에 갈 거예요?

03　요즘 백화점 (　　) 기간이라서 사람들이 아주 많아요.

04　죄송합니다. 지금 (　　) 중이라서 전화를 받을 수 없습니다.

05　저는 친구들과 같이 여행하는 것보다 (　　) 하는 것을 좋아해요.

Ⅲ. 다음을 읽고 질문에 답하세요.

<나의 휴가>

지난 여름 휴가에 가족들과 함께 부산에 여행을 갔습니다. 아침 일찍 KTX기차를 탔습니다. 기차는 서울에서 출발한 지 3시간도 안 돼서 부산에 도착했습니다. 부산에 도착한 후에 우리는 바다에 갔습니다. 바다에는 사람들이 아주 많았습니다. 바다에서 수영도 하고 사진도 많이 찍었습니다. 저녁에는 바다 근처에 있는 식당에서 회를 먹었습니다. 회는 정말 맛있었습니다. 저녁을 먹은 후 호텔로 갔습니다. 호텔 주변에서 산책을 했습니다. 여름이라서 많이 더웠지만, 부산은 바다가 있어서 시원했습니다. 이번 휴가는 가족들과 함께 즐거운 시간을 보냈습니다.

01 부산에 누구와 갔습니까?   (   )

02 부산에 어떻게 갔습니까?   (   )

03 부산의 날씨는 어떻습니까?   (   )

04 서울에서 부산까지 얼마나 걸립니까?   (   )

05 부산에 도착한 후 어디에 갔습니까? 순서대로 써 보세요.
    (   ) → (   ) → (   )

06 부산에서 하지 않은 것은 무엇입니까?
    ① 수영을 했어요.   ② 배를 탔어요.
    ③ 산책을 했어요.   ④ 회를 먹었어요.

잠깐! 쉬어가기 休息一下！

▌위치 位置

▌예문을 통해 알아봅시다. 透過例句一起來了解一下吧！

위치 (位置)

- 제가 길을 아니까 **앞**에서 걸을 테니 **뒤**에서 잘 따라오세요.
  我知道路，所以會走在**前面**，請在**後面**好好跟上來。

- 책상 **위**에 볼펜을 두었는데 없어져서 찾아보니 책상 **아래**로 떨어져 있었어요.
  原本原子筆放在桌子**上**，但是不見了，一找發現掉落在桌子**下**。

- 어머니는 **왼쪽**에, 아버지는 **오른쪽**에, 그리고 저는 **가운데**에 서서 사진을 찍었어요.
  奶奶在**左邊**，爸爸在**右邊**，然後我站在**中間**，拍了照。

날짜 日子

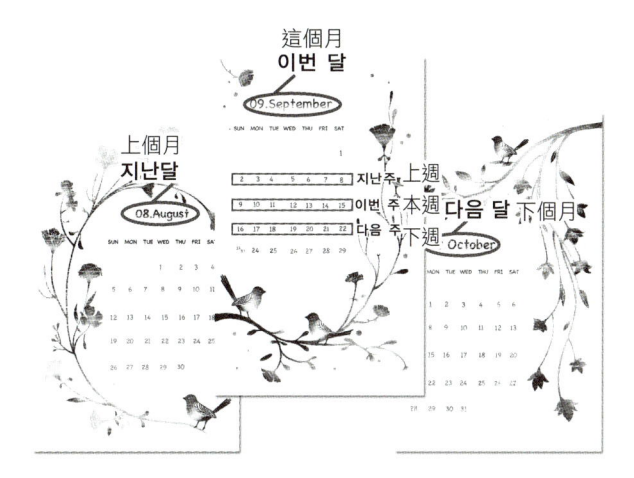

예문을 통해 알아봅시다. 透過例句一起來了解一下吧!

날짜 (日子)

- **지난달**은 8월이었는데 정말 더웠어요. **이번 달** 9월에는 추석이 있어서 가족들을 만나러 고향에 갈 거예요. **다음 달**인 10월에는 저의 생일이 있어서 기대가 됩니다.
  上個月是8月,真的很熱。**這個月**9月有中秋節,所以會返鄉見家人。**下個月**10月是我的生日,所以我很期待。

- **이번 주**에는 시험공부를 해야 해요. **다음 주**에 기말 시험을 봐야 하는데 **지난주**에 공부를 안 했어요.
  本週要念書準備考試。**下週**要考期末考,可是**上週**卻沒有念書。

動詞　　第12天

♪23

□ 가다
가고, 가서, 가면, 가니까

go
去

例　나는 주말에는 도서관에 **가요**.
我週末要**去**圖書館。

아버지께서 아침 일찍 서울에 **가셨어요**.
父親一大早就**去了**首爾。

相反 오다 來
*구경을 가다 去參觀
여행을 가다 去旅行

□ 가르치다
가르치고, 가르쳐서,
가르치면, 가르치니까

teach, inform
教、告訴

例　① 저는 학교에서 영어를 **가르쳐요**.
我在學校**教**英語。

② 당신에게만 비밀을 **가르쳐** 줄게요.
我只把祕密**告訴**你。

相似 배우다 學習

□ 가져가다
가져가고, 가져가서,
가져가면, 가져가니까

carryaway
拿去、帶去

例　학교에 지갑을 안 **가져갔어요**.
皮夾沒**帶去**學校。

숙제를 깜빡 잊어버리고 안 **가져갔네요**.
一時忘了作業，沒**帶去**呢！

相似 가지고 가다
　　　拿去、帶去
相反 가져오다 拿來、帶來

□ 가지다
가지고, 가져서,
가지면, 가지니까

have, carry, hold
拿、帶、有、持有

例　어제 산 가방을 **가지고** 나갔어요.
帶著昨天買的包包出去了。

가지고 있는 돈이 얼마나 됩니까?
你**有帶**多少錢？

相似 갖다 拿、帶

갈아타다

갈아타고, 갈아타서,
갈아타면, 갈아타니까

transfer
換車、轉乘

例 기차에서 내려서 버스로 **갈아탔어요**.
下火車後**轉乘**了巴士。

공항에 가려면 지하철을 두 번 **갈아타세요**.
若想去機場，**請轉乘**兩次地下鐵。

相似 환승하다 轉乘
*갈아입다 換（衣服）
갈아신다 換（鞋子）

감다[감따]

감고, 감아서,
감으면, 감으니까

close(shut) one's eyes
閉（眼睛）

例 모두 눈을 **감으세요**.
請全都**閉上**眼睛。

눈을 **감고** 생각해 보세요.
請**閉上**眼睛想想看。

相反 뜨다 睜開

감사하다

감사하고, 감사해서,
감사하면, 감사하니까

thank
感謝

例 도와주셔서 **감사합니다**.
謝謝您幫我。

부모님께 **감사하는** 마음을 항상 갖고 있어요.
總是懷著**感謝**父母親的心。

相似 고맙다 感謝

갖다[갇따]

갖고, 갖으면, 갖으니까

have, hold, carry
帶、拿

例 내일 사진을 **갖고** 오세요.
請明天**帶**照片過來。

아주머니, 여기 김치 좀 **갖다** 주세요.
大嬸，這裡請**拿**一點泡菜給我。

相似 가지다 帶、拿

動詞　第12天

□ **걱정하다**[걱쩡하다]　　걱정하고, 걱정해서,　　worry
　　　　　　　　　　　　　걱정하면, 걱정하니까　　擔心

例　잘 지내고 있으니까 **걱정하지** 마세요.
　　我過得很好，所以請別**擔心**。

　　부모님께서 **걱정하시니까** 일찍 들어가세요.
　　父母親會**擔心**，**所以**請您早一點回去。

□ **건너다**　　　　　　건너고, 건너서,　　cross
　　　　　　　　　　　건너면, 건너니까　　過

例　여기에서 횡단보도를 **건너세요**.
　　請在這裡**過**斑馬線。

　　길을 **건너면** 은행이 나올 거예요.
　　過馬路後**就**有銀行。

□ **걷다**[걷따]　　　　걷고, 걸어서,　　walk
　　　　　　　　　　　걸으면, 걸으니까　　走路

例　아기의 **걷는** 모습이 매우 귀여워요.　　相反　뛰다　跑、跳
　　小孩**走路**的模樣十分可愛。

　　주말에 친구랑 명동까지 **걸어서** 갔어요.
　　週末跟朋友**走路**去了明洞。

□ **걸다**　　　　　　걸고, 걸어서, 걸면, 거니까　　hang, make(a call)
　　　　　　　　　　　　　　　　　　　　　　　掛、打（電話）

例　① (옷, 모자, 그림…)을/를 걸다　掛（衣服、帽子、圖畫……）
　　옷걸이에 옷을 **걸어** 놓았어요.
　　將衣服**掛**在衣架上了。

　　② (전화)를 걸다　打（電話）
　　친구에게 전화를 **걸었어요**.
　　打了電話給朋友。

□ 걸리다

걸리고, 걸려서,
걸리면, 걸리니까

hang, catch(cold, a disease), take
掛（物品）、罹患（疾病）、
花費（時間）

例 ① (시계, 옷…)이/가 걸리다　　벽에는 많은 그림이 **걸려** 있었어요.
　　掛（鐘、衣服……）　　　　　之前牆上**掛了**很多幅圖畫。

　② (병, 감기…)에 걸리다　　갑자기 내린 비를 맞아서 감기에 **걸렸어요**.
　　得到、罹患（病、感冒）　　被突然下起的雨淋溼**得了**感冒。

　③ (시간)이/가 걸리다　　차가 막혀서 20분이나 더 **걸렸습니다**.
　　花費（時間）　　　　　因為塞車，所以多**花了**20多分鐘。

□ 걸어가다[거러가다]

걸어가고, 걸어가서,
걸어가면, 걸어가니까

walk
走、走去

例 천천히 **걸어가세요**.
　　請您慢慢**走**。

　여기서 조금만 **걸어가면** 편의점이 나와요.
　　從這裡只要**走**一下下就會有便利商店。

*걸어오다　走來

□ 결정하다[결쩡하다]

결정하고, 결정해서,
결정하면, 결정하니까

make a decision
決定

例 어떻게 할지 **결정하세요**.
　　要怎麼做，請您**決定**。

　우리집은 아버지께서 모든 일을 **결정하십니다**.
　　我們家是爸爸**決定**所有的事。

相似　정하다　定、確定

□ 결혼하다

결혼하고, 결혼해서,
결혼하면, 결혼하니까

get married
結婚

例 내년 봄에 **결혼하기로** 했어요.
　　決定了明年春天**結婚**。

　우리는 **결혼한** 지 10년이 되었습니다.
　　我們**結婚**至今10年了。

相反　이혼하다　離婚

動詞 第12天 ♪ 00

♪ 24

| □ **계산하다** | 계산하고, 계산해서,
계산하면, 계산하니까 | pay, calculate
計算、支付 |

例 ① 밥값은 제가 **계산하겠습니다**.
　　飯錢我來**付**。

　② 이번 달 생활비를 **계산하고** 있습니다.
　　我在**計算**這個月的生活費。

| □ **계시다** | 계시고, 계셔서,
계시면, 계시니까 | stay
在、有（있다的尊敬形式） |

例 아버지께서는 댁에 **계세요**.
　父親**在**家裡。

　선생님께서는 교실에 **계실** 겁니다.
　老師應該是**在**教室裡。

＊「있다（在）」的敬語

| □ **고르다** | 고르고, 골라서,
고르면, 고르니까 | choose
選 |

例 다음 질문에 알맞은 답을 **고르십시오**.
　請**選出**下一題的正確答案。

　여기에서 마음에 드는 것을 **골라** 보세요.
　請從這裡**挑挑**看中意的物品。

相似 선택하다 選擇

| □ **고치다** | 고치고, 고쳐서,
고치면, 고치니까 | repair
修理 |

例 휴대 전화를 **고치러** 수리센터에 갔어요.
　為了修理手機去了維修中心。

　아버지께서 고장 난 시계를 **고치셨습니다**.
　父親**修理了**故障的手錶。

相似 수리하다 修理

□ 공부하다

공부하고, 공부해서,
공부하면, 공부하니까

study
學習、念書

例 열심히 **공부하겠습니다**.
我會認真念書。

주말에 **공부하러** 도서관에 갔어요.
週末去了圖書館念書。

□ 관광하다

관광하고, 관광해서,
관광하면, 관광하니까

do sightseeing
觀光

例 우리는 여기에 **관광하러** 왔어요.
我們來到這裡觀光。

가족들은 제주도를 **관광하고** 있어요.
家人正在濟州島觀光。

□ 구경하다

구경하고, 구경해서,
구경하면, 구경하니까

look around
參觀、觀賞、欣賞、逛街

例 제주도에서 바다 경치를 **구경했어요**.
在濟州島欣賞了海邊的風景。

주말에 설악산의 단풍을 **구경하고** 왔습니다.
週末來到了雪嶽山賞楓。

□ 구하다

구하고, 구해서,
구하면, 구하니까

look for, seek
找

例 친구랑 같이 살 집을 **구하고** 있어요.
正在找要跟朋友一起住的房子。

방학 동안에 할 수 있는 일을 **구하고** 있어요.
正在找放假期間能做的工作。

相似 찾다 找

動詞　第12天 Quiz

Ⅰ. 다음 비슷한 의미를 가진 단어끼리 연결하세요.

계산하다　•　　　　　•　고맙다

공부하다　•　　　　　•　돈을 내다

감사하다　•　　　　　•　정하다

결정하다　•　　　　　•　관광하다

구경하다　•　　　　　•　배우다

Ⅱ. 다음 밑줄 친 단어와 비슷한 의미의 단어를 고르세요.

01
가 : 여권을 가져왔어요?
나 : 네. (　　).

① 가지고 왔어요　　② 가지고 갔어요
③ 데리고 왔어요　　④ 모시고 왔어요

02
가 : 직장을 찾았어요?
나 : 네. 지난주에 (　　).

① 샀어요　　　② 걸렸어요
③ 배웠어요　　④ 구했어요

03
가 : 고장 난 휴대 전화를 수리했어요?
나 : 네. (　　).

① 구했어요　　② 샀어요
③ 걸었어요　　④ 고쳤어요

04
가 : 둘 중에서 하나를 선택해야 해요.
나 : 그럼 저는 이것으로 (　　).

① 고르겠어요　　　② 구하겠어요
③ 걱정하겠어요　　④ 정리하겠어요

Ⅲ. 다음 문장의 빈칸에 알맞은 단어를 고르세요.

01 감기에 (　) 머리도 아프고 열도 나요.
① 아파서　② 걸려서
③ 걸어서　④ 생겨서

02 은행에 가려면 저기 앞에 있는 횡단보도를 (　) 해요.
① 건너야　② 지내야
③ 보내야　④ 그려야

03 기숙사에서 학교까지 (　) 10분쯤 걸려요.
① 누워서　② 서서
③ 걸어서　④ 골라서

04 교실 벽에 달력이 (　) 있어요.
① 걸려　② 달아
③ 놓여　④ 들어

Ⅳ. 다음 글의 빈칸에 알맞은 단어를 고르세요.

01 처음으로 부모님과 헤어져서 혼자 한국에서 생활하고 있습니다. 처음에 한국에 왔을 때에는 음식도 익숙하지 않고, 생활도, 사는 곳도 모두 익숙하지 않아서 불편하고 힘들었습니다. 한국에 온 지 6개월이 지난 지금은 많이 익숙해져서 재미있게 생활하고 있습니다. 그렇지만 부모님께서는 아직도 항상 저를 (　) 계십니다.

① 경험하고　② 계산하고
③ 걱정하고　④ 준비하고

動詞　第13天

□ 그리다

그리고, 그려서,
그리면, 그리니까

draw
畫

例 저는 그림을 잘 **그려요**.
我很會**畫**畫。

집 약도를 자세하게 **그려서** 친구에게 주었어요.
將家的略圖仔細**畫好後**給朋友了。

□ 그치다

그치고, 그쳐서,
그치면, 그치니까

cease
停

例 이제 비가 **그쳤어요**.
現在雨**停了**。

시끄러운 음악 소리가 갑자기 **그쳤어요**.
吵雜的音樂聲突然**停了**。

相似 멈추다 停

□ 기다리다

기다리고, 기다려서,
기다리면, 기다리니까

wait
等、等待

例 모든 학생들은 방학을 **기다려요**.
所有的學生都在**等**放假。

친구가 안 와서 **기다리고** 있어요.
因為朋友還沒來，所以在**等**他。

□ 기르다

기르고, 길러서,
기르면, 기르니까

grow long, raise
留（長）、養、種

例 ① 저는 머리를 길게 **기르고** 싶어요.
我想將頭髮**留**長。

② 저는 집에서 꽃과 나무를 **기르고** 있어요.
我在家**種了**花和樹。

100

□ 기뻐하다

기뻐하고, 기뻐해서,
기뻐하면, 기뻐하니까

be glad
歡喜、高興、開心

例 부모님이 **기뻐하실** 거예요.
父母親應**會**很**高興**。

선물을 받은 아이가 무척 **기뻐했어요**.
收到禮物的孩子十分**開心**。

相反 슬퍼하다 傷心

□ 기억하다[기어카다]

기억하고, 기억해서,
기억하면, 기억하니까

remember
記憶

例 아직 첫사랑을 **기억하고** 있습니까?
還**記得**初戀嗎？

저는 **기억하고** 있는 전화번호가 거의 없어요.
我幾乎沒有**記得**的電話號碼。

相反 잊어버리다 忘掉

□ 긴장되다

긴장되고, 긴장돼서,
긴장되면, 긴장되니까

feel tension
緊張

例 시험 때에는 **긴장돼서** 말을 잘 못했어요.
因為考試時很**緊張**，所以沒能將話好好說。

그 여자의 앞에만 서면 너무 **긴장돼요**.
光是站在那個女人的面前就**緊張**得不得了。

相似 떨리다 發抖

□ 깎다[깍따]

깎고, 깎아서,
깎으면, 깎으니까

cut(hair), mow(grass), give a discount
剪、割（草）、殺價

例 ① 머리를 짧게 **깎았어요**.
把頭髮**剪**短了。

② 가격이 너무 비싸니까 조금만 **깎아** 주세요.
因為價格太貴了，請您再**算便宜**一點。

動詞　第13天

☐ 깨다
깨고, 깨서, 깨면, 깨니까

break
（人）打破（物）

例　공으로 유리창을 **깼어요**.
用球**打破了**玻璃窗。

그릇을 **깨서** 어머니께서 화나셨어요.
因為打破碗，**所以**被媽媽罵了。

☐ 깨지다
깨지고, 깨져서,
깨지면, 깨지니까

break
（物）破

例　꽃병이 **깨졌어요**.
花瓶**被打破了**。

접시가 **깨져서** 손을 다쳤어요.
因為碟子**破了**，**所以**手割傷了。

☐ 꺼내다
꺼내고, 꺼내서,
꺼내면, 꺼내니까

take out
拿出

例　가방에서 책을 **꺼내세요**.
請從包包將書**拿出來**。

옷장에서 옷을 **꺼내서** 입었어요.
從衣櫥裡**拿出**衣服穿了。

相反 넣다 放進

☐ 꾸다
꾸고, 꾸어서, 꾸면, 꾸니까

dream
做夢

例　어젯밤에 꿈을 **꾸었어요**.
昨晚**作了**個夢。

지난밤에 **꾼** 꿈이 아주 무서웠어요.
昨晚**作的**夢很恐怖。

102

□ 끄다

끄고, 꺼서, 끄면, 끄니까

put out
關

例 어제 라디오를 **끄지** 않고 잤어요.
昨天沒**關**收音機就睡著了。

밖에 나갈 때에는 불을 **끄고** 나가야 합니다.
外出時要把火**關掉**再出去。

相反 켜다 開

□ 끓이다[끄리다]

끓이고, 끓여서, 끓이면, 끓이니까

boil
燒開、煮

例 추우니까 뜨거운 차를 **끓여** 드릴게요.
因為很冷，我來幫您**燒**熱茶。

먹을 것도 없는데 그냥 라면이나 **끓여** 먹읍시다.
沒東西可吃，就隨便**煮**個泡麵來吃吧！

□ 끝나다[끈나다]

끝나고, 끝나서, 끝나면, 끝나니까

end
結束

例 오후에 수업이 **끝나요**.
下午**下**課。

한 학기가 **끝나고** 방학이 시작되었습니다.
一個學期**結束**，開始放假了。

相反 시작되다 開始
*(名詞) 이/가 끝나다
　～結束

□ 끝내다[끈내다]

끝내고, 끝내서, 끝내면, 끝내니까

finish
完成

例 일을 다 **끝내고** 나갈게요.
工作全**做完了**，我出去囉。

오늘 숙제를 빨리 **끝냈어요**.
今天作業很快就**做完了**。

相反 시작하다 開始
*(名詞) 을/를 끝내다
　完成～

動詞　第13天

☐ 끼다
끼고, 끼어서, 끼면, 끼니까

wear, put on
戴

例 안경을 **끼고** 보니 잘 보여요.
　　戴上眼鏡後看得很清楚。

　　장갑을 **끼니까** 손이 따뜻하네요.
　　戴上手套後，手很暖呢！

*안경을 끼다　戴眼鏡
　안개가 끼다　起霧
　구름이 끼다　多雲

☐ 나가다
나가고, 나가서,
나가면, 나가니까

go out
出去

例 친구가 수업 시간에 갑자기 **나갔어요**.
　　朋友在上課時間突然**出去了**。

　　어제 하루 종일 안 **나가고** 집에만 있었어요.
　　昨天一整天都沒**出去**，只待在家裡。

相反　들어가다　進去

☐ 나누다
나누고, 나누어서,
나누면, 나누니까

share, exchange
分、交

例 ① 친구와 이야기를 **나누었어요**.
　　　和朋友**交**談**了**。

　　② 음식을 모두 같이 **나누어서** 먹었어요.
　　　大家一起**分享**食物吃了。

☐ 나다
나고, 나서, 나면, 나니까

appear, occur, be available
出現、發生、有空

例 ① (시간)이/가 나다　有（時間）
　　　시간이 **나면** 시내로 쇼핑을 하러 가요.
　　　有時間的話，去市區購物吧。

　　② (생각, 기억…)이/가 나다　（想、記）起、出
　　　그 사람의 이름이 잘 생각이 **나지** 않아요.
　　　那個人的名字想不太**起來**。

相似　생기다　發生
*화가 나다　生氣
　땀이 나다　流汗

104

나타나다

나타나고, 나타나서,
나타나면, 나타나니까

appear
出現

例 다시는 내 눈 앞에 **나타나지** 마세요.
請別再**出現**在我眼前。

약속 장소에 다른 사람이 **나타났어요**.
在約定場所**出現了**其他人。

相反 없어지다 消失

남기다

남기고, 남겨서,
남기면, 남기니까

leave(behind)
剩下、留下

例 ① 음식을 **남기지** 마세요.
請別將食物**剩下**。

② 집에 아이들을 **남겨** 두고 왔어요.
將小孩**留在**家裡過來了。

낫다[낟따]

낫고, 나아서,
나으면, 나으니까

be cured(healed)
治好、康復

例 빨리 **나으시기** 바랍니다.
祝您早日**康復**。

감기가 **나은** 것 같았는데 다시 심해졌어요.
原以為感冒**好了**，但又變嚴重了。

相似 회복하다 恢復

내다

내고, 내서, 내면, 내니까

submit, spare
出、提交、抽空

例 ① (숙제, 돈, 신청서…)을/를 내다　交（作業、錢、申請書……）
선생님께 어제 숙제를 **냈어요**.
昨天將作業**交**給老師**了**。

② (시간)을/를 내다　抽出（時間）
바쁘겠지만 시간을 **내서** 놀러 오세요.
您應該很忙，不過還是請**抽**空來玩。

相似 주다 給
*화를 내다 生氣

動詞　第13天 Quiz

Ⅰ. 다음 반대 의미를 가진 단어끼리 연결하세요.

기억하다　•　　　　　•　넣다
꺼내다　•　　　　　•　잊어버리다
끄다　•　　　　　•　들어가다
나가다　•　　　　　•　켜다
끝나다　•　　　　　•　시작되다

Ⅱ. 다음 밑줄 친 단어와 비슷한 의미의 단어를 고르세요.

01　가 : 반장에게 숙제를 주었어요?
　　나 : 네. 조금 전에 (　　).

① 샀어요　　　② 냈어요
③ 놀았어요　　④ 빌렸어요

02　가 : 시간이 생기면 나하고 같이 한강공원에 가요.
　　나 : 좋아요. 시간이 (　　) 연락할게요.

① 나면　　　　② 없으면
③ 많으면　　　④ 끝나면

03　가 : 시험이라서 많이 긴장되지요?
　　나 : 네. 많이 (　　).

① 꺼내네요　　② 떨리네요
③ 나타나네요　④ 기억하네요

04　가 : 아까 눈이 많이 왔는데 지금은 그쳤어요?
　　나 : 아니요. 지금도 (　　) 않고 계속 내려요.

① 고치지　　　② 걸리지
③ 멈추지　　　④ 세우지

Ⅲ. 다음 문장에 공통적으로 들어갈 수 있는 단어를 고르세요.

01
- 우리 선생님은 반지를 (   ) 있어요.
- 안개가 (   ) 비행기가 늦게 도착할 거예요.
- 구름이 많이 (   ) 것을 보니 비가 올 것 같아요.

① 깎다　　　　　② 끼다
③ 깨다　　　　　④ 꾸다

02
- 보통 시간이 (   ) 뭐 해요?
- 이 돈은 어디에서 (   )?
- 여자친구는 지금 화가 (   ).

① 내다　　　　　② 나다
③ 낫다　　　　　④ 생기다

03
- 머리를 예쁘게 (   ).
- 아침에 사과를 (   ) 먹었어요.
- 가방이 비싸서 (   ) 샀어요.

① 깎다　　　　　② 끄다
③ 꾸다　　　　　④ 끼다

Ⅳ. 다음 문장의 빈칸에 알맞은 단어를 고르세요.

01 머리 아픈 게 다 (   ) 우리 놀이공원에 가는 게 어때요?

① 고치면　　　　② 나으면
③ 퇴원하면　　　④ 준비되면

02 우리 어머니께서는 오래 전부터 취미로 새를 (   ) 계십니다.

① 지내고　　　　② 싸우고
③ 기르고　　　　④ 옮기고

動詞　第14天

☐ 내려가다
내려가고, 내려가서,
내려가면, 내려가니까

go down
下去、下⋯⋯去

例
① 이번 추석에는 고향에 못 **내려가요**.
這次中秋沒辦法**下去**故鄉。

② 아래층으로 **내려가면** 편의점이 있어요.
下去樓下**的話**就有便利商店。

相反 올라오다 上來
　　 올라가다 上去

☐ 내리다
내리고, 내려서,
내리면, 내리니까

get off
下（車）

例
아파트 앞에서 **내려** 주세요.
請讓我在公寓前面**下**（車）。

나는 서울역에서 **내려서** 지하철로 갈아탔어요.
我在首爾站**下**（車）後轉乘了地下鐵。

相反 타다 搭乘
*열이 내리다 退燒
　가격이 내리다 價格下降

☐ 넘다[넘따]
넘고, 넘어서,
넘으면, 넘으니까

pass, exceed
過、超過

例
벌써 10시가 **넘었어요**.
已經**超過**10點了。

우리 반 친구들은 10명이 조금 **넘어요**.
我們班上同學**超出**10位多一點。

相似 지나다 超過

☐ 넘어지다
넘어지고, 넘어져서,
넘어지면, 넘어지니까

fall(down)
倒下

例
길에서 **넘어졌어요**.
在路上**跌倒了**。

아이가 뛰어오다가 **넘어져서** 다쳤어요.
小孩跑來時**跌倒**受傷了。

☐ 넣다[너타]

넣고, 넣어서,
넣으면, 넣으니까

put in, insert
放進

> 例 책과 공책을 가방에 **넣었어요**.
> 書與筆記本**放入了**包包裡。
>
> 빈칸에 알맞은 말을 **넣으십시오**.
> 請將適當的話**填入**空格內。

相反 꺼내다 拿出
　　 빼다 抽出

☐ 노력하다[노려카다]

노력하고, 노력해서,
노력하면, 노력하니까

make an effort
努力

> 例 성공을 위해서 **노력합시다**.
> 為了成功，（我們一起）**努力吧**！
>
> 열심히 **노력하는** 사람은 정말 멋있어요.
> 認真**努力的**人真的很帥。

☐ 놀다

놀고, 놀아서, 놀면, 노니까

play
玩

> 例 우리 집에 **놀러** 오세요.
> 請來我們家**玩**。
>
> 요즘 일이 없어서 집에서 **놀고** 있어요.
> 最近沒有工作，所以在家裡**玩**。

☐ 놀라다

놀라고, 놀라서,
놀라면, 놀라니까

be surprised
吃驚

> 例 갑자기 나와서 깜짝 **놀랐어요**.
> 突然出來所以**嚇了**一跳。
>
> 저는 너무 **놀라서** 소리를 질렀어요.
> 我**驚嚇**過度就叫了出來。

動詞 第14天

| □ 놓다[노타] | 놓고, 놓아서,
놓으면, 놓으니까 | put(place), relax(one's mind)
放、放心 |

例 ① (물건)을/를 (장소, 위치…)에 놓다
　　將（物品）放在（場所、位置……）
　　가방을 책상 위에 **놓고** 나갔습니다. 將包包**放**在書桌上就出去了。

相似 두다 放

② (마음, 정신…)을/를 놓다 放（心）、分（神）
　　잘 생활하고 있으니 마음 **놓으세요**. 我過得很好，所以**請您放**心。

| □ 누르다 | 누르고, 눌러서,
누르면, 누르니까 | push
按 |

例 맞으면 1번을 **누르세요**.
　　對的話，**請按**1號。

문 앞의 스위치를 **눌러서** 불을 켰어요.
按下門前的開關，開了燈。

| □ 눕다[눕따] | 눕고, 누워서,
누우면, 누우니까 | lie(down)
躺 |

例 너무 피곤해서 침대에 잠깐 **누웠어요**.
　　因為太累了，就在床上**躺了**一下。

相似 일어나다 起來

고양이 한 마리가 길거리에 **누워** 있어요.
一隻小貓**躺**在路邊。

| □ 느끼다 | 느끼고, 느껴서,
느끼면, 느끼니까 | feel
感覺 |

例 영화를 보고 **느낀** 점을 말해 보세요.
　　請說說看完電影後的**感觸**。

끝까지 자기가 잘못한 것을 **느끼지** 못했어요.
直到最後都不**覺得**自己有錯。

110

□ 늘다

늘고, 늘어서, 늘면, 느니까

increase
增多、進步

例 ① 처음보다 한국어가 많이 **늘었어요**.
韓語比一開始時**進步了**很多。

② 한국에 온 후에 몸무게가 **늘었어요**.
來韓國後體重**增加了**。

相似 많아지다 變多
　　 나아지다 變好
相反 줄다 減少、減輕

□ 다녀오다

다녀오고, 다녀와서,
다녀오면, 다녀오니까

go and get back
去了再回來

例 학교 **다녀오겠습니다**.
我**要去**上學**了**。

저는 방학 동안에 고향에 **다녀왔어요**.
我放假期間**回去了一趟**故鄉。

*다녀가다 來過

□ 다니다

다니고, 다녀서,
다니면, 다니니까

attend, commute
上學、上班

例 동생은 대학교에 **다니고** 있어요.
弟弟在**上**大學。

은행에 **다닌** 지 벌써 10년이 되었습니다.
在銀行**上班**，至今已經10年了。

*（場所）에 다니다
（固定往返某處）
上（學／班）

□ 다치다

다치고, 다쳐서,
다치면, 다치니까

get hurt, get injured
受傷

例 넘어져서 다리를 **다쳤습니다**.
因為跌倒，腿**受傷了**。

사고로 많은 사람이 **다쳤어요**.
因為事故，很多人**受傷了**。

111

動詞 第14天

□ **닦다**[닥따]   닦고, 닦아서, 닦으면, 닦으니까   brush, wipe 刷、擦

例 하루에 세 번 이를 **닦아요**.
一天**刷**三次牙。

유리창을 깨끗하게 **닦았어요**.
將玻璃窗**擦**得很乾淨。

□ **닫다**[닫따]   닫고, 닫아서, 닫으면, 닫으니까   close, shut 關、關門

例 ① (문, 창문…)을/를 닫다 關（門、窗戶……）
추워서 창문을 **닫았어요**. 因為很冷，所以**關上了**窗戶。

② (가게, 은행, 회사, 문…)을/를 닫다
關（店、銀行、公司、門……）
지금 시간이면 은행도 문을 **닫았을** 거예요.
現在這個時間，銀行應該也**關**門**了**。

相反 열다 開

□ **닫히다**[다치다]   닫히고, 닫혀서, 닫히면, 닫히니까   close, shut 閉、被關閉

例 ① 바람에 창문이 **닫혔어요**.
窗戶被風**關上了**。

② 약국 문이 **닫혀** 있을 거예요.
藥局應該已經**關**門**了**。

相反 열리다（被動）開

□ **달리다**   달리고, 달려서, 달리면, 달리니까   run 跑

例 내 친구는 아주 잘 **달려요**.
我的朋友很會**跑**。

출구 쪽으로 아주 빠르게 **달렸어요**.
十分迅速地往出口處**跑**。

相似 뛰다 跑、跳

닮다 [담따]

닮고, 닮아서,
닮으면, 닮으니까

look like, resemble
像

例 저는 아버지를 **닮아서** 눈이 큽니다.
我和爸爸很**像**，所以眼睛很大。

저 형제는 꼭 쌍둥이처럼 **닮았습니다**.
那對兄弟就像雙胞胎一樣**相像**。

相似 비슷하다 相似

담그다

담그고, 담가서,
담그면, 담그니까

soak
醃、浸泡

例 나는 김치를 **담글** 줄 몰라요.
我不會**醃**泡菜。

우리 어머니는 김치를 잘 **담그세요**.
我媽媽很會**醃**泡菜。

대답하다 [대다파다]

대답하고, 대답해서,
대답하면, 대답하니까

answer
回答

例 이름을 불렀지만 **대답하지** 않았어요.
雖然叫了（對方的）名字，但（他）沒有**回答**。

질문을 하는 사람들에게 잘 **대답해** 주었어요.
好好**回答了**提問的人。

相反 묻다 問
　　　질문하다 提問
＊질문에 대답하다
　回答問題

덮다 [덥따]

덮고, 덮어서,
덮으면, 덮으니까

cover, overlay
蓋上、闔

例 ① 이불을 **덮고** 주무세요.
請**蓋上**棉被睡覺。

② 책을 **덮고** 눈을 감으세요.
請**闔上**書本，閉上眼睛。

113

動詞 第14天 Quiz

Ⅰ. 그림을 보고 (   )에 알맞은 단어를 <보기>에서 골라 쓰세요.

<보기> 닦다   닮다   다치다   담그다

01 김치를 (   ).

02 눈이 (   ).

03 다리를 (   ).

04 이를 (   ).

Ⅱ. 다음 대화의 빈칸에 알맞은 단어를 고르세요.

01
가 : 오래간만이에요. 그동안 잘 지냈어요?
나 : 좀 바빴어요. 요즘 태권도를 배워요.
가 : 그래요? 태권도 학원에 (   ) 지 얼마나 됐어요?
나 : 6개월 정도 됐어요.

① 다닌   ② 공부한   ③ 연습한   ④ 운동한

02
가 : 지난주에 빌려준 소설책 다 읽었어요?
나 : 네, 너무 슬퍼서 많이 울었어요. 갑자기 엄마도 보고 싶어졌고요.
가 : 그래요? 저도 읽을 때 부모님 생각이 많이 났었는데…….
나 : 책을 읽고 부모님의 감사함을 다시 한 번 (   ).

① 느꼈어요   ② 모셨어요   ③ 노력했어요   ④ 인사했어요

Ⅲ. 그림을 보고 ( )에 알맞은 단어를 쓰세요.

01　올라가다 ↔ (　　　)

02　(　　　) ↔ 내리다

03　꺼내다 ↔ (　　　)

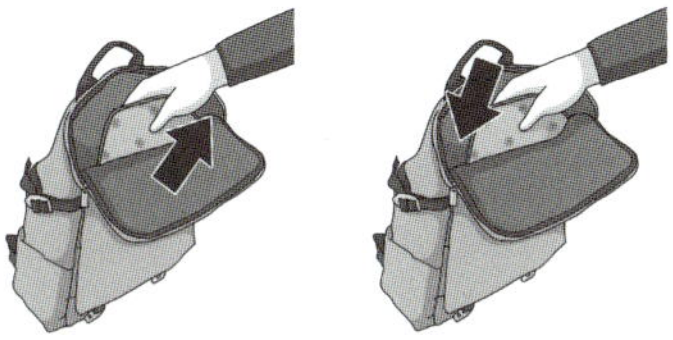

04　(　　　) ↔ 열다

Ⅳ. 다음 문장의 빈칸에 알맞은 단어를 고르세요.

01　모르는 단어를 선생님께 물어봤는데 자세하게 (　　) 주셨어요.
　① 질문해　　　　② 써
　③ 대답해　　　　④ 주문해

02　한국 음식이 입에 맞지 않아서 몸무게가 많이 (　　).
　① 쪘어요　　　　② 놓았어요
　③ 줄었어요　　　④ 넘었어요

03　주말에 친구들과 밖에서 하루 종일 (　　) 오늘은 조금 피곤해요.
　① 쉬어서　　　　② 살아서
　③ 놀아서　　　　④ 걸려서

04　꿈을 위해서 열심히 (　　) 사람은 꿈을 이룰 수 있을 거예요.
　① 노력하는　　　② 신청하는
　③ 소개하는　　　④ 안내하는

動詞　　第15天

□ 데리다

데리고 ----
---- ----

take(a person)
帶領

例　학교에 아이를 **데리고** 왔어요.
帶小孩來了學校。

주말마다 공원에 개를 **데리고** 산책을 해요.
每個週末都會**帶**狗去散步。

*（人、動物）을 데리고 가다/오다
帶～去／來

□ 도착하다[도차카다]

도착하고, 도착해서,
도착하면, 도착하니까

arrive
到達

例　학생들이 벌써 교실에 **도착했어요**.
學生已經**抵達**教室了。

아까 출발했으니까 곧 **도착할** 거예요.
剛剛出發了，馬上就會**到**。

相反　출발하다　出發
　　　떠나다　出發、離開

□ 돌아가다

돌아가고, 돌아가서,
돌아가면, 돌아가니까

return, make a turn
回去、轉彎

例　① (장소)(으)로 돌아가다　回去（場所）
그는 가족들이 사는 고향으로 **돌아갔습니다**.
他**回去了**家人居住的故鄉。

② (방향)(으)로 돌아가다　往（方向）轉彎
저기 사거리에서 왼쪽으로 **돌아가세요**.
請在那個十字路口左**轉**。

*돌아가셨다（過世）：
「죽었다（死了）」的敬語

□ 돕다[돕따]

돕고, 도와서,
도우면, 도우니까

help
幫助、幫忙

例　반장은 선생님을 잘 **돕습니다**.
班長會好好**幫忙**老師。

힘든 사람을 보면 **도와줘야** 해요.
看到有困難的人理應**幫忙**。

*도와주다　幫助、幫忙

☐ 되다

되고, 되어서, 되면, 되니까

become
成為

例 아이가 벌써 다섯 살이 **되었어요**.
小孩已經五歲了。

제 꿈은 좋은 의사가 **되는** 것입니다.
我的夢想是成為好的醫生。

*（名詞）이/가 되다
變成〜、成為〜

☐ 두다

두고, 두어서, 두면, 두니까

put, leave
放、留下

例 그 물건을 여기에 **두세요**.
請將那個物品放在這裡。

집에 **두고** 온 아이들이 걱정돼요.
擔心留在家裡的孩子。

相似 놓다 放

☐ 드리다

드리고, 드려서,
드리면, 드리니까

give(humble of '주다')
獻、呈

例 ① 부모님께 **드릴** 선물을 샀습니다.
買了要送給父母親的禮物。

② 저는 아버지의 일을 도와 **드리고** 있어요.
我在幫忙父親的工作。

*「주다（給）」的敬語

☐ 드시다

드시고, 드셔서,
드시면, 드시니까

eat(honorific of '먹다')
吃的尊敬形式

例 점심 맛있게 **드세요**.
午餐請好好享用。

우리 할머니는 국수를 잘 **드세요**.
我奶奶很愛吃麵。

*「먹다（吃）」的敬語

動詞　第15天

☐ 듣다[듣따]
듣고, 들어서,
들으면, 들으니까

listen to what someone says
聽、聽從

例 ① 저는 음악을 **들으면서** 공부를 해요.
我一邊聽音樂，一邊念書。

② 학교에서는 선생님 말씀을 잘 **들어야** 해요.
在學校要好好聽老師的話。

☐ 들다
들고, 들어서, 들면, 드니까

take, contain, hold
花費、需要、進

*마음에 들다 中意

例 ① (돈, 힘, 비용…)이/가 들다　花（錢、力氣、費用……）
외국에서 혼자 생활하니까 돈이 많이 **들어요**.
一個人在國外生活會花很多錢。

② (동물, 물건…)이/가 들다　（動物）進、含有（物品）
가방 안에 책하고 공책이 **들어** 있습니다.
包包裡放有書和筆記本。

☐ 들어가다[드러가다]
들어가고, 들어가서,
들어가면, 들어가니까

enter
進去、進入

相反 나오다 出來

例 ① (장소)(으)로 들어가다　進去（場所）
날씨가 추우니까 안으로 **들어가세요**.
因為天氣很冷，所以請進去裡面。

② (학교, 회사…)에 들어가다　進入（學校、公司……）
학교를 졸업하고 바로 회사에 **들어갔어요**.
學校畢業後直接進了公司。

☐ 따라가다
따라가고, 따라가서,
따라가면, 따라가니까

follow
跟著

*따라오다 跟上來
따라하다 跟著做

例 앞에 있는 사람을 **따라가세요**.
請跟著前面的人。

개가 주인을 **따라가고** 있어요.
狗跟著主人。

□ 떠나다

떠나고, 떠나서,
떠나면, 떠나니까

leave
離開

例 ① 방학 동안 여행을 **떠나고** 싶습니다.
想在放假期間去旅行。

② 그는 벌써 기차를 타고 고향으로 **떠났습니다**.
他已經搭火車離開去故鄉了。

□ 떠들다

떠들고, 떠들어서,
떠들면, 떠드니까

make racket
吵鬧

例 도서관에서는 **떠들면** 안 됩니다.
不可以在圖書館喧譁。

교실에서 시끄럽게 **떠들지** 마십시오.
請勿在教室大聲喧譁。

□ 떨어지다[떠러지다]

떨어지고, 떨어져서,
떨어지면, 떨어지니까

drop, fail
落下、沒考中

例 ① 유리병이 **떨어져서** 깨졌어요.
因為玻璃瓶掉下去，所以破了。

② 대학 입학시험에 **떨어졌어요**.
大學入學考試落榜了。

相反 합격하다 合格

□ 뛰다

뛰고, 뛰어서, 뛰면, 뛰니까

run
跑

例 여기에서는 **뛰지** 마십시오.
請勿在此處奔跑。

버스를 타려고 **뛰어** 가다가 넘어졌어요.
想搭公車，跑過去追的途中跌倒了。

相似 달리다 奔跑

動詞 第15天

| □ 마시다 | 마시고, 마셔서,
마시면, 마시니까 | drink, breath in
喝、吸 |

例 추운데 따뜻한 커피 한잔 **마시자**.
很冷，**喝**一杯熱咖啡**吧**！

아침에 일어나서 신선한 공기를 **마셨어요**.
早上起來，**呼吸到了**新鮮空氣。

| □ 마치다 | 마치고, 마쳐서,
마치면, 마치니까 | finish
結束 |

例 숙제를 **마치면** 농구를 할 거예요.
做完作業就要去打籃球。

이번 학기를 **마치고** 군대에 가려고 해요.
打算**結束**這學期後去當兵。

相似 끝내다 結束
相反 시작하다 開始

| □ 막히다[마키다] | 막히고, 막혀서,
막히면, 막히니까 | get stuffed up, get blocked
堵塞 |

例 눈이 와서 길이 많이 **막혀요**.
下雪了，所以路上十分**堵塞**。

감기에 걸려서 코가 **막혔어요**.
因為感冒而鼻**塞了**。

| □ 만나다 | 만나고, 만나서,
만나면, 만나니까 | meet, encounter
見面 |

例 학교에서 좋은 친구들을 **만났어요**.
在學校**見到了**（交到了）好朋友。

저는 아내와 극장 앞에서 **만나기로** 했습니다.
我和老婆決定了在電影院前面**見面**。

相反 헤어지다 分開

만들다

만들고, 만들어서,
만들면, 만드니까

make
做、煮、造

例 제가 **만든** 음식을 드셔 보세요.
請吃吃看我**做的**食物。

새 단어로 문장을 **만들어** 보세요.
請試著用新單字來**造**句。

만지다

만지고, 만져서,
만지면, 만지니까

touch
觸摸

例 여기 물건들은 **만지면** 안돼요.
不可以**摸**這裡的物品。

아기의 얼굴을 **만져** 보았습니다.
摸摸看小孩的臉。

말하다

말하고, 말해서,
말하면, 말하니까

say
說

例 오늘 배운 것을 **말해** 보세요.
請說說看今天學的東西。

너에게 그 사람의 비밀을 하나 **말해** 줄게.
我**告訴**你一個那個人的祕密。

相似 이야기하다 説、聊天

맞다[맏따]

맞고, 맞아서,
맞으면, 맞으니까

be correct, fit, suit
對、合、合適、沒錯

例 ① (답, 말, 생각…)이/가 맞다 （答案、話、想法……）對、正確
이 문제의 답은 3번이 **맞습니다**.
這個問題的答案是3號**沒錯**。

② (옷, 음식…)이/가 (사람, 입)에/에게 맞다
（衣服、食物……）適合（人、口味）
음식이 내 입에 잘 **맞아요**.
食物很**合**我的口味。

相反 틀리다 錯誤

動詞 第15天 Quiz

Ⅰ. 다음 단어와 높임 표현을 알맞게 연결하세요.

주다 •   • 말씀하시다

먹다 •   • 드리다

마시다 •   • 모시고 오다

말하다 •   • 드시다

데리고 오다 •

Ⅱ. 다음 밑줄 친 부분과 비슷한 의미의 단어를 고르세요.

01　가 : 부모님께 수미 씨의 생각을 <u>이야기했어요</u>?
　　나 : 네. 어제 (　　).

① 생각했어요　　　② 말했어요
③ 소개했어요　　　④ 준비했어요

02　가 : 혜정 씨는 얼굴이 하얘서 빨간색 티셔츠가 잘 <u>맞네요</u>.
　　나 : 고마워요. 영미 씨도 입은 옷이 잘 (　　).

① 어울려요　　　② 옮겨요
③ 움직여요　　　④ 즐겨요

03　가 : 친구들에게 가지고 온 선물을 <u>주었어요</u>?
　　나 : 그럼요. 친구들에게도 주었고, 부모님과 선생님들께도 (　　).

① 드렸어요　　　② 드셨어요
③ 주무셨어요　　④ 말씀하셨어요

Ⅲ. 그림을 보고 서로 반대되는 단어를 (　)에 쓰세요.

01　도착하다 ↔ (　　　)

02　들어가다 ↔ (　　　)

03　만나다 ↔ (　　　)

04　시작하다 ↔ (　　　)

Ⅳ. 다음 문장의 빈칸에 알맞은 단어를 고르세요.

01　명절에는 고향으로 내려가는 사람이 많아 길이 많이 (　　).

　① 쌓여요　　　　② 옮겨요
　③ 나가요　　　　④ 막혀요

02　이번 주말에 아이들을 (　　) 동물원에 갈까 합니다.

　① 모시고　　　　② 데리고
　③ 가지고　　　　④ 따라오고

03　제주도를 여행하고 싶은데 비용이 얼마나 (　　)?

　① 들어요　　　　② 걸려요
　③ 걸어요　　　　④ 불어요

動詞 第16天

☐ 매다
매고, 매서, 매면, 매니까

tie, fasten
繫

例 양복에 넥타이를 **매고** 있어요.
在西裝上**打**領帶。

차를 타면 안전벨트를 **매야** 해요.
乘車要**繫**安全帶。

相反 풀다 鬆開

☐ 먹다[먹따]
먹고, 먹어서, 먹으면, 먹으니까

eat
吃、喝

例 이제 한국 음식을 잘 **먹어요**.
現在很能**吃**韓國料理。

친구들을 만날 때 술을 자주 **먹는** 편이에요.
（我是）屬於和朋友見面時，會很常**喝**酒的類型。

*마음을 먹다 下定決心
 나이를 먹다 上了年紀

☐ 메다
메고, 메서, 메면, 메니까

shoulder
扛、背

例 저는 큰 가방을 **메고** 있어요.
我**背**著大包包。

어깨에 무거운 배낭을 **멨어요**.
肩膀**背了**很重的背包。

☐ 모르다
모르고, 몰라서, 모르면, 모르니까

do not know
不知道、不了解

例 나는 그 사람을 잘 **몰라요**.
我**不太了解**那個人。

길을 **모르면** 사람들에게 물어보면 됩니다.
不知道路的話，問人就好。

相反 알다 知道

□ 모시다

모시고, 모셔서,
모시면, 모시니까

accompany, support sb
陪、奉養

例 공항까지 부모님을 **모셔다** 드렸어요.
我**陪**父母親到了機場。

사장님이 손님들을 **모시고** 오셨어요.
社長**陪**客人來了。

□ 모으다

모으고, 모아서,
모으면, 모으니까

collect, raise
收集、存（錢）

例 우표를 **모으는** 취미를 가지고 있어요.
有**集**郵的興趣。

열심히 일을 해서 돈을 많이 **모았어요**.
認真工作**存了**很多錢。

相似 수집하다 收集

□ 모이다

모이고, 모여서,
모이면, 모이니까

gather
聚集、彙集

例 사람들이 **모이면** 출발합시다.
人**一集合就**出發吧！

단어가 **모여서** 문장이 됩니다.
單字**集結起來**就會成為句子。

*（名詞）이/가 모이다
～集合

□ 못하다[모타다]

못하고, 못해서,
못하면, 못하니까

be poor at
不會

例 저는 노래를 잘 **못해요**.
我**不太會**唱歌。

저는 아직 대학 졸업을 **못했어요**.
我還**沒有**大學畢業。

相反 잘하다 擅長
*잘하다-잘 못하다-못하다
擅長–不太擅長–不會

動詞 第16天

묻다[묻따]

묻고, 물어서,
물으면, 물으니까

ask
問

例 말씀 좀 **묻겠습니다**.
我**請教**一下。

문법의 의미를 몰라서 선생님께 **물어봤어요**.
因為不懂文法的意思，所以**請教**了老師。

相似 질문하다 提問
相反 대답하다 回答

밀리다

밀리고, 밀려서,
밀리면, 밀리니까

bank up, be delayed
擠、堆積

例 ① 사고 때문에 차가 **밀려** 있어요.
因為發生事故，所以**塞**車了。

② 휴가 기간이라서 예약이 많이 **밀렸어요**.
因為適逢假期，**積了**很多預約。

相似 막히다 堵塞

바꾸다

바꾸고, 바꾸어서,
바꾸면, 바꾸니까

alter, exchange
改變、換

例 만 원짜리를 잔돈으로 **바꿔** 주세요.
請幫我將萬元鈔票**換**成零錢。

머리 모양을 **바꾸니까** 기분 전환이 됩니다.
因為改變髮型，可以轉換心情。

相似 교환하다 交換
＊（名詞）을/를（名詞）
(으)로 바꾸다
將～改變成～

바뀌다

바뀌고, 바뀌어서,
바뀌면, 바뀌니까

change
改變、換成

例 우리 교실이 1층에서 2층으로 **바뀌었어요**.
我們的教室從1樓**換**到2樓了。

지난달에 이사를 가서 주소가 **바뀌었어요**.
因為上個月搬走，所以地址**變**了。

＊（名詞）이/가（名詞）
(으)로 바뀌다
～換成～

□ 바라다

바라고, 바라서,
바라면, 바라니까

wish, hope
希望

例 빨리 나으시기를 **바랍니다**.
祝您早日康復。

시험에 합격하기를 **바랍니다**.
祝您（順利）考上。

*（動詞）기를 바라다
祝～、希望～

□ 바르다

바르고, 발라서,
바르면, 바르니까

paint, spread
抹、擦、塗

例 빵에 잼을 **발라서** 먹었어요.
在麵包上**塗**果醬**後**吃了。

다친 상처에 약을 **바르세요**.
請將藥**塗**在傷口上。

□ 받다[받따]

받고, 받아서,
받으면, 받으니까

receive
收受

例 이번 시험에서 90점을 **받았어요**.
這次考試**拿了**90分。

저는 화장품 선물을 **받고** 싶어요.
我想**收到**化妝品禮物。

相反 주다 給

□ 배우다

배우고, 배워서,
배우면, 배우니까

learn
學

例 앞으로 태권도를 **배우고** 싶어요.
以後想**學**跆拳道。

나는 요즘 한국어를 **배우고** 있어요.
我最近在**學**韓語。

相似 공부하다 學習
相反 가르치다 教

動詞 第16天

□ **버리다**   버리고, 버려서,   throw away
                       버리면, 버리니까   扔掉

> 例 쓰레기는 쓰레기통에 **버리세요**.
> 垃圾**請丟**在垃圾桶。
>
> 아무데나 휴지를 **버리면** 안 돼요.
> 隨地亂**丟**衛生紙**的話**是不行的。

□ **벌다**   벌고, 벌어서, 벌면, 버니까   earn / 賺

> 例 방학 때마다 학비를 **법니다**.   相反 쓰다 用、花（錢）
> 每到放假時就要**賺**學費。
>
> 나중에 돈을 많이 **벌고** 싶어요.
> 以後想**賺**很多錢。

□ **벗다[벋따]**   벗고, 벗어서,   take off
                         벗으면, 벗으니까   脫

> 例 더우면 코트를 **벗으세요**.   相反 입다 穿（衣服）
> 熱的話，**請脫**外套。   신다 穿（鞋子）
>   쓰다 戴（帽子）
> 이 식당은 신발을 **벗고** 들어가셔야 합니다.
> 這間餐廳進去要**脫**鞋。

□ **보내다**   보내고, 보내서,   send
                      보내면, 보내니까   送、寄、發

> 例 부모님께 선물을 **보내려고** 해요.   相似 부치다 寄
> 我**打算送**禮物給父母親。   相反 받다 收
>
> 친구에게 이메일로 편지를 **보냈어요**.
> 用電子郵件**寄了**信給朋友。

보다

보고, 보아서, 보면, 보니까

watch, take(a test)
看、考

例 영화를 **보러** 시내에 나갔어요.
去到市區**看**電影了。

어제 시험을 **봤는데** 너무 어려웠어요.
昨天**考了**試，但太難了。

*맛을 보다 嚐味道
*아이를 보다 看、顧小孩

보이다

보이고, 보여서,
보이면, 보이니까

be in sight
看見

例 가족 사진 있으면 좀 **보여** 주세요.
如果你有全家福照片，請**讓我看**。

이 영화는 친구한테 꼭 **보여** 주고 싶어요.
很想**讓**朋友**看**這部電影。

*（人）에게 보여주다
展現給～看、讓～看

볶다[복따]

볶고, 볶아서,
볶으면, 볶으니까

fry
炒

例 야채를 **볶으면** 맛있어요.
蔬菜用**炒的話**很好吃。

저는 **볶은** 요리를 좋아해요.
我喜歡**炒的**料理。

뵙다[뵙따]

뵙고, 뵈어서, 뵈면, 뵈니까

meet(humble language)
拜訪（만나다的謙虛說法）

例 처음 **뵙겠습니다**.
初次見面。

명절에는 어른들을 **뵙고** 인사를 드립니다.
節日會去**拜見**長輩打招呼。

相似 뵈다（「보다」的謙稱）拜見

動詞　第16天 Quiz

Ⅰ. 그림을 보고 알맞은 단어를 <보기>에서 골라 쓰세요.

<보기>　들다　매다　신다　벗다

01 옷을 (　　　).

02 가방을 (　　　).

03 넥타이를 (　　　).

04 신발을 (　　　).

Ⅱ. 다음 밑줄 친 부분과 반대 의미의 단어를 고르세요.

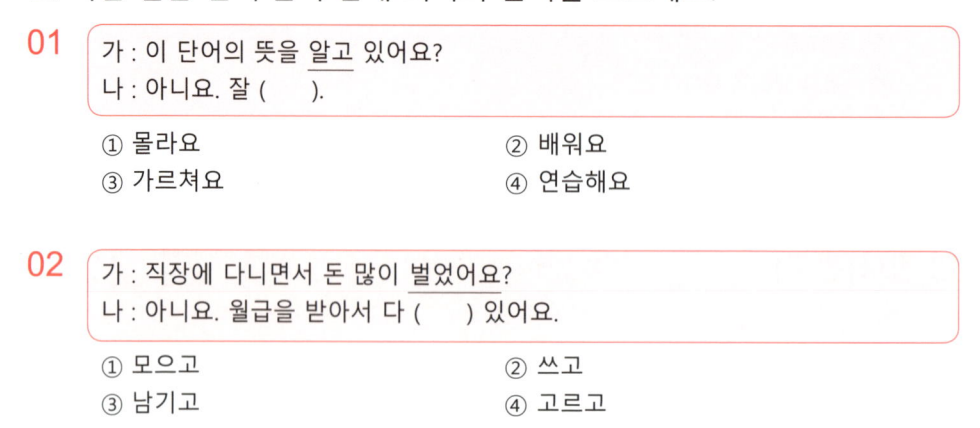

01
가 : 이 단어의 뜻을 알고 있어요?
나 : 아니요. 잘 (　　).

① 몰라요　　② 배워요
③ 가르쳐요　④ 연습해요

02
가 : 직장에 다니면서 돈 많이 벌었어요?
나 : 아니요. 월급을 받아서 다 (　　) 있어요.

① 모으고　　② 쓰고
③ 남기고　　④ 고르고

Ⅲ. 다음 빈칸에 알맞은 조사를 <보기>에서 골라서 쓰세요.

<보기> 이/가   을/를   에게   (으)로

01 사람들(   ) 모두 모이면 다 같이 출발합시다.

02 이 바지를 사이즈가 더 큰 것(   ) 바꿔 주세요.

03 저에게 사진(   ) 좀 보여 주세요.

04 중국에 있는 친구(   ) 편지를 보내고 왔어요.

Ⅳ. 다음 문장의 빈칸에 알맞은 단어를 고르세요.

01 할아버지, 건강하게 오래 사시기를 (   ).

① 모읍니다   ② 바랍니다
③ 밀립니다   ④ 보냅니다

02 부모님이 한국에 오셔서 (   ) 여행을 다니려고 합니다.

① 데리고   ② 가지고
③ 남기고   ④ 모시고

03 요즘 한국 친구한테 한국 요리를 (   ) 있는데 아주 재미있어요.

① 배우고   ② 지키고
③ 이사하고   ④ 주문하고

動詞　第17天

☐ 부르다
부르고, 불러서, 부르면, 부르니까
sing, call
唱、叫

例　내 친구는 노래를 잘 **불러요**.
我朋友很會**唱**歌。

지나가는 친구를 큰 소리로 **불렀습니다**.
大聲**叫了**經過的朋友。

☐ 부치다
부치고, 부쳐서, 부치면, 부치니까
send
寄

例　편지를 **부치면** 언제쯤 도착할까요?
寄信的話，大約什麼時候會到呢?

아들에게 학비와 용돈을 **부쳐** 주었습니다.
寄給兒子學費和零用錢了。

相似　보내다　送、寄

☐ 불다
불고, 불어서, 불면, 부니까
blow(wind, play instrument)
吹、颳(風)

例　① (바람, 태풍…)이/가 불다　吹、颳(風、颱風……)
봄이 되니까 따뜻한 바람이 **불어요**.
因為春天了，所以**吹起**溫暖的風。

② (피리, 나팔, 하모니카… 악기)을/를 불다
吹奏(笛子、喇叭、口琴……等樂器)
피리를 잘 **부니까** 멋있네요.
因為很會**吹**笛子，好帥喔!

☐ 붓다[붇따]
붓고, 부어서, 부으면, 부으니까
swell
腫

例　울어서 눈이 **부었네요**.
因為哭過，眼睛(都)**腫了**呢。

다리가 **부어서** 구두가 안 들어가요.
因為腿**腫脹**，**所以**穿不下鞋子。

□ 붙다[붇따]

붙고, 붙어서,
붙으면, 붙으니까

stick, pass (examination)
黏（貼）、考中

例 ① 벽에 지도가 **붙어** 있어요.
　　　牆上**貼**著地圖。

② 친구가 대학교 시험에 **붙었어요**.
　　朋友**考上**大學**了**。

相似 합격하다 合格
相反 떨어지다 落榜

□ 붙이다[부치다]

붙이고, 붙여서,
붙이면, 붙이니까

paste
貼

例 편지 봉투에 우표를 **붙였어요**.
　　在信封**上貼了**郵票。

책상에 여기저기 메모지를 **붙여** 놓았어요.
書桌上到處都**貼**了便條紙。

□ 빌리다

빌리고, 빌려서,
빌리면, 빌리니까

borrow, lend
借入、借出

例 친구한테서 책을 **빌렸어요**.
　　向朋友**借了**書。

친구에게 돈을 **빌려** 줬는데 아직 못 받았어요.
借了錢給朋友還沒拿到（借款）。

相反 돌려주다 歸還
　　 갚다 還（錢）

□ 빨다

빨고, 빨아서, 빨면, 빠니까

wash
洗

例 지금 운동화를 **빨고** 있어요.
　　現在正在**洗**運動鞋。

옷을 깨끗하게 **빨아서** 입었어요.
將衣服**洗**得很乾淨後穿了。

相似 빨래하다 洗衣服
*옷을 빨다 = 빨래하다
　洗衣服

動詞 第17天

□ 빼다
빼고, 빼서, 빼면, 빼니까

remove, lose
拔除、減肥

相反 넣다 加
　　　찌다 長（肉）

例 ① (물건)을/를 빼다　拿掉（物品）
　매우니까 고추장을 **빼고** 주세요.
　因為很辣，所以請**不要加**辣椒醬（請幫我**拿掉**辣椒醬）。

② (살, 체중)을/를 빼다　減（肥、體重）
　열심히 운동해서 살을 꼭 **뺄** 거야.
　認真運動一定要**減輕**體重。

□ 사다
사고, 사서, 사면, 사니까

buy
買

相反 팔다 賣

例 서점에서 책을 한 권 **샀습니다**.
　在書店**買了**一本書。

　친구에게 미안해서 점심을 **사** 주었습니다.
　因為對不起朋友，所以**請**他**吃**了午餐（**買**午餐給他）。

□ 사랑하다
사랑하고, 사랑해서,
사랑하면, 사랑하니까

love
愛

相似 좋아하다 喜歡
相反 미워하다 恨
　　　싫어하다 討厭

例 당신만을 **사랑해요**.
　只**愛**你。

　저에게는 **사랑하는** 가족이 있어요.
　我有**心愛的**家人。

□ 사용하다
사용하고, 사용해서,
사용하면, 사용하니까

use
使用

相似 쓰다 用

例 컴퓨터를 **사용할** 줄 알아요?
　你會**使用**電腦嗎？

　어른들에게는 높임말을 **사용해야** 합니다.
　對長輩要**使用**敬語。

사인하다 [싸인하다]

사인하고, 사인해서, 사인하면, 사인하니까

sign, one's signature
簽名

相似 서명하다 署名

例 여기에 **사인하세요**.
請在這裡簽名。

사인할 때에는 자기 이름을 쓰면 돼요.
簽名時，寫自己的名字就行了。

살다

살고, 살아서, 살면, 사니까

live
活、住、生活

相反 죽다 死

例 나는 지금 서울에서 **살아요**.
我現在住在首爾。

부모님께서는 고향에 **살고** 계십니다.
父母親住在故鄉。

생각하다 [생가카다]

생각하고, 생각해서, 생각하면, 생각하니까

think
想、考慮

例 다시 한 번 **생각해** 보세요.
請再考慮一次看看。

고향에 계신 부모님을 **생각하고** 있었어요.
想著故鄉的父母親。

생기다

생기고, 생겨서, 생기면, 생기니까

obtain, arise, occur, happen
有、發生、引起、長

例 ① 돈이 **생기면** 여행을 갈 거예요.
有錢的話就會去旅行。

② 나는 귀엽게 **생긴** 사람을 좋아합니다.
我喜歡長得可愛的人。

動詞　第17天

☐ **샤워하다**　샤워하고, 샤워해서,　take a shower
　　　　　　　샤워하면, 샤워니까　淋浴、洗澡

例　지금 **샤워하고** 있어요.　　　　　相似　씻다 洗
　　現在正在洗澡。　　　　　　　　　　　　목욕하다 沐浴
　　샤워해서 전화를 못 받았어요.
　　因為在洗澡，所以沒能接到電話。

☐ **서다**　서고, 서서, 서면, 서니까　stand
　　　　　　　　　　　　　　　　　站立

例　나는 하루 종일 **서서** 일해요.　　相反　앉다 坐
　　我一整天站著工作。
　　경비 아저씨는 문 앞에 **서** 계세요.
　　警衛大叔站在門口。

☐ **선물하다**　선물하고, 선물해서,　present a gift
　　　　　　　선물하면, 선물하니까　送

例　여자 친구에게 꽃을 **선물했어요**.
　　送了花給女朋友。
　　친구에게 **선물하려고** 화장품을 샀어요.
　　買了化妝品要送給朋友。

☐ **선택하다[선태카다]**　선택하고, 선택해서,　choose
　　　　　　　　　　　　선택하면, 선택하니까　選擇

例　저는 경영학 전공을 **선택했어요**.　相似　고르다 挑
　　我選擇了經營學為主修。
　　필요한 것이 무엇인지 잘 **선택해야** 해요.
　　要好好選擇需要的東西是什麼。

136

□ 설명하다

설명하고, 설명해서,
설명하면, 설명하니까

explain
說明

例 이 단어를 다시 **설명해** 주세요.
請您再為我**說明**這個單字。

선생님께서 문법을 잘 **설명해** 주셨습니다.
老師將文法**說明**得很清楚。

□ 세수하다

세수하고, 세수해서,
세수하면, 세수하니까

wash one's face
洗臉

例 아침에 일어나서 **세수했어요**.
早上起來後**洗臉了**。

세수하고 바로 출근 준비를 했어요.
洗完臉後就準備上班了。

□ 세우다

세우고, 세워서,
세우면, 세우니까

park, plan, set up
停、立、制定

例 ① (차, 택시, 버스…)을/를 세우다. 停（車、計程車、公車……）
집 앞에 차를 **세웠어요**.
將車子**停**在家門口**了**。

② (계획, 작전, 방안…)을/를 세우다.
擬定（計畫、戰略、方案……）
여름휴가 계획을 아직 **세우지** 못했어요.
還沒有**擬定**暑假計畫。

□ 세일하다

세일하고, 세일해서,
세일하면, 세일하니까

have a sale
減價出售、特價

例 백화점에서 **세일하고** 있어요.
百貨公司正在**特價**。

저는 나중에 **세일하면** 살래요.
我要以後**特價**的話再買。

相似 할인하다 打折

動詞　第17天 Quiz

I. 그림을 보고 ( )에 공통적으로 들어갈 단어를 <보기>에서 골라 쓰세요.

<보기>　불다　붙다　빼다　세우다

01

살을 ( ).　　고추장을 ( ) 주세요.

02

바람이 ( ).　　피리를 ( ).

03

택시를 ( ).　　계획을 ( ).

04

벽에 지도가 ( ) 있어요.　　시험에 ( )

Ⅱ. 다음 단어와 비슷한 의미를 가진 단어를 연결하세요.

사랑하다 •   • 할인하다

사인하다 •   • 좋아하다

세일하다 •   • 쓰다

사용하다 •   • 옷을 빨다

빨래하다 •   • 서명하다

Ⅲ. 다음 빈칸에 알맞은 단어를 고르세요.

01 이 가방은 강아지처럼 (　　) 아주 귀엽네요.

① 생겨서　　　　　② 내려서
③ 버려서　　　　　④ 걸어서

02 선생님께서는 단어의 의미를 자세하게 (　　) 주셨습니다.

① 질문해　　　　　② 출발해
③ 이용해　　　　　④ 설명해

Ⅳ. 인터뷰 해 보세요.

질문	대답
1. 어디에서 살아요 ?	
2. 사랑하는 사람이 있어요?	
3. 받고 싶은 선물이 있어요?	
4. 한국 노래를 부를 수 있어요?	
5. 돈이 생기면 무엇을 하고 싶어요?	

動詞　第18天

☐ 소개하다
소개하고, 소개해서,
소개하면, 소개하니까

introduce
介紹

例 친구에게 남자친구를 **소개했어요**.
向朋友**介紹了**男朋友。

한국에서 유명한 장소를 **소개해** 드리겠습니다.
為您**介紹**韓國著名的場所。

☐ 쇼핑하다
쇼핑하고, 쇼핑해서,
쇼핑하면, 쇼핑하니까

go shopping
購物

例 지금 **쇼핑하러** 가요.
現在**要去購物**。

주말에 백화점에서 **쇼핑했어요**.
週末在百貨公司**購物了**。

☐ 수술하다
수술하고, 수술해서,
수술하면, 수술하니까

operate
動手術

例 **수술한** 후에 좋아졌어요.
動手術後好轉了。

다리를 많이 다쳐서 **수술해야** 해요.
因為腿傷得很嚴重，所以要**動手術**。

☐ 쉬다
쉬고, 쉬어서, 쉬면, 쉬니까

rest
休息

例 10분 정도 **쉬세요**.
請**休息**10分鐘左右。

오늘 하루는 **쉬고** 싶어요.
今天想**休息**一天。

140

슬퍼하다

슬퍼하고, 슬퍼해서,
슬퍼하면, 슬퍼하니까

be sad, mourn
傷心、難過

例 내가 떠나도 **슬퍼하지** 마세요.
即使我離開了也請別**傷心**。

형이 수술하는 동안 부모님이 **슬퍼하셨어요**.
哥哥動手術的期間,父母親**傷心了**。

시키다

시키고, 시켜서,
시키면, 시키니까

order
訂、點

例 배고픈데 빨리 **시킵시다**.
肚子很餓,快點**點(餐)吧**!

추워서 따뜻한 음식을 **시켰어요**.
因為很冷,所以**點了**熱食。

相似 주문하다
　　　點(餐)、訂購

신다[신따]

신고, 신어서,
신으면, 신으니까

put on(wear), footwear
穿

例 신발을 **신고** 들어오세요.
請**穿**鞋進來。

등산을 할 거니까 운동화를 **신으세요**.
因為要登山,**請穿**運動鞋。

相反 벗다 脫

신청하다

신청하고, 신청해서,
신청하면, 신청하니까

apply
申請、報名

例 이번 학기 수업을 **신청했어요**.
報名了這學期的課程。

카드를 **신청하시면** 바로 나옵니다.
若您辦卡,馬上就會出來。

動詞　第18天

☐ 싫어하다 [시러하다]
싫어하고, 싫어해서,
싫어하면, 싫어하니까

hate
討厭

例　저는 고양이를 **싫어합니다**.
　　我討厭貓。

　　저는 김치를 싫**어해서** 안 먹어요.
　　我討厭泡菜，所以不吃。

相反　좋아하다　喜歡

☐ 싸다
싸고, 싸서, 싸면, 싸니까

pack, wrap up
打包

例　여행 가방을 모두 **쌌어요**?
　　旅行的包包全都打包了嗎？

　　이삿짐을 모두 **싸** 놓았어요.
　　搬家的行李全部打包好了。

相反　풀다　解開

☐ 싸우다
싸우고, 싸워서,
싸우면, 싸우니까

quarrel, fight
吵嘴、打架

例　컴퓨터 때문에 동생과 **싸웠어요**.
　　因為電腦和妹妹（弟弟）吵架了。

　　어제 남편과 **싸워서** 말도 안 해요.
　　因為昨天和老公吵架了，所以（現在）連話都不說。

相似　다투다　爭吵
相反　화해하다　和解、和好

☐ 쌓이다 [싸이다]
쌓이고, 쌓여서,
쌓이면, 쌓이니까

pile up
積

例　밖에 눈이 **쌓여** 있어요.
　　外面積雪了。

　　요즘 일이 많아서 스트레스가 **쌓였어요**.
　　最近工作很多，所以累積了（不少）壓力。

☐ 썰다

썰고, 썰어서, 썰면, 써니까

mince
切

例 김치를 작게 **썰어** 주세요.
請幫我將泡菜切小塊一點。

칼로 무를 **썰어서** 넣으세요.
請用刀將蘿蔔切好後放入。

相似 자르다 剪

☐ 쓰다1

쓰고, 써서, 쓰면, 쓰니까

write
寫

例 저는 매일 일기를 **써요**.
我每天都寫日記。

글씨를 예쁘게 **쓰도록** 하세요.
字體請書寫端正。

相似 적다 寫、記錄

☐ 쓰다2

쓰고, 써서, 쓰면, 쓰니까

wear, put on(one's head)
戴

例 밖이 추우니까 모자를 **쓰세요**.
因為外面很冷，所以請戴帽子。

저는 모자 **쓰는** 것을 좋아해요.
我喜歡戴帽子。

相反 벗다 脫
*안경을 쓰다 戴眼鏡

☐ 쓰다3

쓰고, 써서, 쓰면, 쓰니까

use
用

例 제 휴대 전화를 **쓰세요**.
請用我的手機。

이 컴퓨터 좀 **써도** 돼요?
可以用一下這台電腦嗎？

相似 사용하다 使用

動詞　第18天

☐ 쓰이다
쓰이고, 쓰여서,
쓰이면, 쓰이니까

be used
作為（「쓰다」的被動形式）

例　이 돈은 좋은 일에 **쓰였다**.
　　這筆錢**用**來做好事了。

　　컴퓨터는 안 **쓰이는** 곳이 없다.
　　沒有一個地方不**用**電腦。

相似　사용되다
（被動）使用
*（名詞）이/가 쓰이다
（被動）用～

☐ 씹다[씹따]
씹고, 씹어서,
씹으면, 씹으니까

chew
嚼

例　교실에서는 껌을 **씹지** 마세요.
　　請勿在教室裡**嚼**口香糖。

　　운전할 때 졸리면 껌을 **씹으세요**.
　　開車時覺得睏的話，**請嚼**口香糖。

☐ 씻다[씯따]
씻고, 씻어서,
씻으면, 씻으니까

wash
洗

例　손을 **씻은** 후에 식사하세요.
　　請**洗**手後再用餐。

　　아무리 피곤해도 **씻고** 주무세요.
　　無論多累都請**洗完（澡）後**再睡覺。

☐ 안내하다
안내하고, 안내해서,
안내하면, 안내하니까

guide, lead
引導

例　관광객에게 길을 **안내했어요**.
　　我為觀光客**帶了**路。

　　신입사원에게 사무실을 **안내해** 줬어요.
　　我**指引**新進職員到辦公室。

*알리다　通知

144

안다 [안따]

안고, 안아서,
안으면, 안으니까

hold in the arms, hug
抱

例 엄마가 아이를 **안고** 있어요.
媽媽**抱**著小孩。

여자 친구를 따뜻하게 **안아** 줬어요.
溫暖地**抱**了女朋友。

앉다 [안따]

앉고, 앉아서,
앉으면, 앉으니까

sit
坐

例 자리에 **앉으세요**.
請**坐**在位子上。

교실에 혼자 **앉아** 있었어요.
一個人在教室裡**坐**著。

相反 서다 站

알다

알고, 알아서, 알면, 아니까

know
知道、認識

例 그 사람을 **알아요**?
您**認識**那個人嗎？

여러분을 **알게** 되어 기뻐요.
很開心**認識**大家。

相反 모르다
不知道、不認識

알리다

알리고, 알려서,
알리면, 알리니까

inform
告訴

例 오늘 날씨를 **알려** 드리겠습니다.
為您**播報**今日氣象。（**告訴**您今日氣象。）

저는 친구에게 숙제를 **알려** 줬어요.
我**告訴**了朋友作業。

動詞　第18天 Quiz

Ⅰ. 그림을 보고 (　)에 알맞은 단어를 <보기>에서 골라 쓰세요.

<보기>　쓰다　앉다　신다

01 모자를 (　　).

02 안경을 (　　).

03 의자에 (　　).

04 휴대 전화를 (　　).

05 구두를 (　　).

Ⅱ. 다음 밑줄 친 부분과 반대의 의미의 단어를 고르세요.

01
가 : 신발을 <u>신고</u> 들어가야 해요?
나 : 아니요. 신발을 (　) 들어오세요.

① 쓰고　　　② 썰고
③ 싸고　　　④ 벗고

02
가 : 한국 음식 중에서 <u>싫어하는</u> 음식이 있어요?
나 : 아니요. 저는 한국 음식을 다 (　　).

① 슬퍼해요　　② 좋아해요
③ 만족해요　　④ 즐거워해요

03
가 : 그 사람의 이름을 <u>알아요</u>?
나 : 아니요. 잘 (　　).

① 알리겠습니다　② 모르겠습니다
③ 시키겠습니다　④ 쓰이겠습니다

Ⅲ. 다음 단어와 관계있는 말이 잘못된 것을 고르세요.

01　① 글씨 – 쓰다　　　② 모자 – 쓰다
　　③ 영화 – 쓰다　　　④ 컴퓨터 – 쓰다

02　① 껌 – 씹다　　　　② 신발 – 쓰이다
　　③ 손 – 씻다　　　　④ 신입생 – 소개하다

Ⅳ. 다음 (　)에 알맞은 단어를 <보기>에서 고르세요.

<보기>　시키다　　싸우다　　쌓이다　　알리다

01　밥이 없는데 뭘 좀 (　　　)?

02　어제 친구와 (　　　) 기분이 안 좋아요.

03　고향에 다녀왔지요? 고향 소식을 좀 (　　　) 주세요.

04　어제 눈이 많이 와서 지금 밖에 눈이 많이 (　　　).

動詞　第19天

□ 어울리다
어울리고, 어울려서,
어울리면, 어울리니까

match, suit
相配、適合

> 例　치마가 잘 **어울리네요**.
> 裙子真**適合**你呢！
>
> 저에게 **어울리는** 색을 골라 주세요.
> 請挑**適合**我的顏色。

相似　맞다（與～）相配

□ 연습하다 [연스파다]
연습하고, 연습해서,
연습하면, 연습하니까

practice
練習

> 例　반 친구들과 노래를 **연습했어요**.
> 和班上同學**練習了**唱歌。
>
> 저는 요즘 기타를 **연습하고** 있어요.
> 我最近在**練習**吉他。

相似　실습하다　實習

□ 열다
열고, 열어서, 열면, 여니까

open
打開

> 例　문 좀 **열어** 주실래요?
> 能請您幫我**開**一下門嗎？
>
> 방이 너무 더워서 창문을 **열었어요**.
> 房間太熱了，所以**開了**窗戶。

相反　닫다　關

□ 열리다
열리고, 열려서,
열리면, 열리니까

open(door, business)
（被動）被打開

> 例　① 문이 **열려** 있어요.
> 門**開**著。
>
> ② 은행 문이 아직 **열려** 있을 거예요.
> 銀行門應該還**開**著。

相反　닫히다
（被動）被關上

148

☐ 오다

오고, 와서, 오면, 오니까

come
來

例 학교에 9시까지 **오세요**.
請9點前**來**學校。

지난주에 고향에서 부모님이 **오셨어요**.
上星期父母親從故鄉**來了**。

相反 가다 去

☐ 오르다

오르고, 올라서,
오르면, 오르니까

increase
上漲

例 물건값이 많이 **올랐어요**.
物價**上漲了**很多。

등록금이 **올라서** 아르바이트를 하려고 해요.
因為學費**上漲了**，**所以**想要打工。

相反 내리다 下跌

☐ 올라가다

올라가고, 올라가서,
올라가면, 올라가니까

go up, climb
上去

例 지난 주말에 친구와 산에 **올라갔어요**.
上週末和朋友**爬了**山。

사무실은 8층에 있어요. 한 층 더 **올라가세요**.
辦公室在8樓。**請再上去**一樓。

相反 내려가다 下去

☐ 올려놓다[올려노타]

올려놓고, 올려놓아서,
올려놓으면, 올려놓으니까

place on
放在～上

例 가방이 무거우니까 위에 **올려놓으세요**.
因為包包很重，所以**請放在**上面。

준비한 음식을 식탁 위에 **올려놓았어요**.
將準備的食物**放在**餐桌上**了**。

相反 내려놓다 放下、卸下

動詞　第19天

□ 옮기다[옴기다]

옮기고, 옮겨서,
옮기면, 옮기니까

move
搬、移

例 짐을 이쪽으로 **옮겨** 주세요.
請將行李**搬**到這裡。

자리를 **옮겨서** 앞에 앉았어요.
移了座位，坐到了前面。

□ 외출하다

외출하고, 외출해서,
외출하면, 외출하니까

go out
出門

例 문을 잠그고 **외출하세요**.
請鎖上門後再**外出**。

주말에는 보통 **외출 안 해요**.
週末一般都**不會外出**。

□ 운동하다

운동하고, 운동해서,
운동하면, 운동하니까

exercise
運動

例 저는 아침마다 **운동해요**.
我每天早上都會**運動**。

살을 빼고 싶으면 매일 **운동하세요**.
如果想減肥的話，**請**每天**運動**。

□ 운전하다

운전하고, 운전해서,
운전하면, 운전하니까

drive
駕駛

例 **운전한** 지 얼마나 됐어요?
駕駛多久了？

술을 마신 후에는 **운전하면** 안 돼요.
喝酒後**開車的話**是不行的。

150

□ 울다
울고, 울어서, 울면, 우니까

cry
哭

> 例 아이가 계속 **울고** 있어요.
> 小孩一直在哭。
>
> 남자친구 때문에 **울었어요**.
> 因為男朋友哭了。

相反 웃다 笑

□ 울리다
울리고, 울려서,
울리면, 울리니까

make sb cry
弄哭

> 例 내가 아이를 **울렸어요**.
> 我把小孩弄哭了。
>
> 형이 동생을 **울렸어요**.
> 哥哥把弟弟弄哭了。

相反 웃기다 使～發笑

□ 움직이다[움지기다]
열움직이고, 움직여서,
움직이면, 움직이니까

move
動

> 例 차가 **움직이지** 않아요.
> 車子不會動。
>
> 배가 너무 아파서 **움직일** 수가 없어요.
> 因為肚子太痛了，所以動不了。

□ 웃기다[욷끼다]
웃기고, 웃겨서,
웃기면, 웃기니까

get a laugh
使～發笑

> 例 실수를 해서 사람들을 **웃긴** 적이 있어요.
> 曾因為失誤逗人發笑。
>
> 남자친구는 항상 재미있는 이야기로 나를 **웃겨요**.
> 男朋友總是講有趣的事逗我笑。

相反 울리다 弄哭

動詞　第19天

♪38

□ **웃다[욷따]**　웃고, 웃어서,　laugh
　　　　　　　　웃으면, 웃으니까　笑

例　**웃으면** 기분이 좋아져요.　　相反 울다 哭
　　笑的話，心情就會變好。

　　TV를 보다가 크게 **웃었어요**.
　　看電視看到一半大**笑了**。

□ **원하다**　원하고, 원해서,　desire, wish
　　　　　　원하면, 원하니까　希望、想要

例　나한테 **원하는** 게 뭐예요?　　相似 바라다 希望
　　你**想要**從我這裡得到什麼呢？

　　너는 어떤 여자 친구를 **원해**?
　　你**想要**哪種（類型的）女朋友？

□ **위하다**　위하고, 위해서,　care for
　　　　　　위하면, 위하니까　為、愛護

例　너를 **위해** 준비했어.　　＊（名詞）을/를 위해서/
　　為了你而準備。　　　　　위하여 為了～

　　부모님을 **위해** 선물을 샀다.
　　為父母買了禮物。

□ **이야기하다**　이야기하고, 이야기해서,　talk, converse, chat
　　　　　　　　이야기하면, 이야기하니까　說、談話

例　커피숍에서 친구와 **이야기했어요**.　　相似 얘기하다 聊天、說話
　　在咖啡店和朋友**聊天了**。

　　그 문제에 대해서 같이 **이야기해** 봅시다.
　　針對那個問題一起來**說說**看。

152

□ 이사하다

이사하고, 이사해서,
이사하면, 이사하니까

move
搬家

例 봄에 **이사하는** 것이 좋아요.
春天**搬家**很好。

회사에서 가까운 곳으로 **이사했어요**.
搬到了離公司很近的地方。

□ 이용하다

이용하고, 이용해서,
이용하면, 이용하니까

use, take
利用、使用

例 저는 지하철을 자주 **이용해요**.
我經常**搭乘**地下鐵。

자주 **이용하는** 교통수단이 뭐예요?
經常**使用的**交通方式是什麼呢?

□ 이해하다

이해하고, 이해해서,
이해하면, 이해하니까

understand
理解

例 제 말을 **이해했어요**?
理解我的話**了**嗎?

선생님의 말을 **이해할** 수 없어요.
無法**理解**老師的話。

□ 인사하다

인사하고, 인사해서,
인사하면, 인사하니까

greet
打招呼

例 새로운 친구들과 **인사했어요**.
和新朋友**打了招呼**。

오랜만에 만난 친구와 반갑게 **인사했어요**.
和很久不見的朋友愉快地**打了招呼**。

動詞　第19天 Quiz

Ⅰ. 그림을 보고 알맞은 단어를 <보기>에서 골라 쓰세요.

<보기>　오다　오르다　올라가다

01

집에 (　　).

02

계단을 (　　).

03

가격이 (　　).

Ⅱ. 다음 단어와 반대의 의미를 가진 것을 연결하세요.

열다　•　　　•　가다

오다　•　　　•　웃다

울다　•　　　•　닫다

웃기다　•　　　•　울리다

올라가다　•　　　•　내려가다

Ⅲ. 그림을 보고 알맞은 단어를 <보기>에서 골라 쓰세요.

<보기>   울다   웃다   운동하다   운전하다

01 (   )

02 (   )

03 (   )

04 (   )

Ⅳ. 다음 단어와 관계있는 말이 잘못된 것을 고르세요.

01 ① 가방 – 옮기다
    ② 가방 – 올려놓다
    ③ 가방 – 원하다
    ④ 가방 – 외출하다

02 ① 부모님 – 위하다
    ② 부모님 – 열리다
    ③ 부모님 – 인사하다
    ④ 부모님 – 이야기하다

03 ① 몸 – 움직이다
    ② 마음 – 이사하다
    ③ 친구 – 어울리다
    ④ 버스 – 운전하다

動詞 第20天

| □ **인터뷰하다** | 인터뷰하고, 인터뷰해서,
인터뷰하면, 인터뷰하니까 | get interviews
採訪 |

例 **인터뷰하고** 싶은데 시간이 있어요?
　　想**做個採訪**，請問您有空嗎？

　　그 배우와 한 시간 동안 **인터뷰했어요**.
　　和那位演員**訪問了**一個小時。

| □ **일어나다[이러나다]** | 일어나고, 일어나서,
일어나면, 일어나니까 | wake up
起床 |

例 저는 항상 7시에 **일어나요**.
　　我總是在7點**起床**。

　　아침에 **일어나서** 세수를 했어요.
　　早上**起床後**洗了臉。

| □ **일하다** | 일하고, 일해서,
일하면, 일하니까 | work
工作 |

例 언니는 은행에서 **일해요**.
　　姊姊在銀行**工作**。

　　저는 **일하는** 것을 좋아해요.
　　我喜歡**工作**。

| □ **읽다[익따]** | 읽고, 읽어서,
읽으면, 읽으니까 | read
讀、看 |

例 큰소리로 책을 **읽으세요**.
　　請**大聲朗讀**書本。

　　저는 소설책을 많이 **읽어요**.
　　我**看**很多小說。

잃다[일타]

잃고, 잃어서,
잃으면, 잃으니까

lose
丟、遺失

例 **잃어버린** 지갑을 찾았어요?
找到**遺失的**皮夾了嗎？

지하철에서 가방을 **잃어버렸어요**.
在地下鐵將包包**遺失了**。

*잃어버리다 丟掉

입다[입따]

입고, 입어서,
입으면, 입으니까

wear
穿

例 명절에는 한복을 **입어요**.
節日會**穿**韓服。

날씨가 추워서 따뜻한 옷을 **입었어요**.
天氣很冷，所以**穿了**保暖的衣服。

相反 벗다 脫

입원하다[이번하다]

입원하고, 입원해서,
입원하면, 입원하니까

enter a hospital
住院

例 친구가 병원에 **입원했어요**.
朋友**住院了**。

입원한 친구를 보러 병원에 갔어요.
為了探望**住院的**朋友，去了醫院。

相反 퇴원하다 出院

잊다[읻따]

잊고, 잊어서,
잊으면, 잊으니까

forget
忘

例 그 사람 이름을 **잊어버렸어요**.
忘了那個人的名字。

우리가 처음 만난 그 날을 **잊을** 수 없어요.
無法**忘記**我們初次相遇的那天。

*잊어버리다 忘掉

動詞　第20天 ♪ 00

♪ 39

□ **자다**　　자고, 자서, 자면, 자니까　　sleep
睡覺

例　저는 보통 12시에 **자요**.
我通常12點睡。

저는 하루에 보통 6시간 정도 **자요**.
我一天通常睡6小時左右。

相似　잠자다 睡覺
*잠을 자다 睡覺

□ **자르다**　　자르고, 잘라서,
자르면, 자르니까
cut
剪、切

例　머리를 짧게 **잘랐어요**.
將頭髮剪短了。

머리를 **자르니까** 어려 보여요.
因為剪了頭髮, 所以看起來年紀很小。

相似　깎다 剪、剃、削

□ **잘하다**　　잘하고, 잘해서,
잘하면, 잘하니까
be good at
善於、擅長

例　나는 공부를 **잘해요**.
我很會念書。

친구는 운동을 **잘해요**.
朋友很擅長運動。

相反　못하다 不會
*잘하다-잘 못하다-못하다
擅長−不太擅長−不會

□ **잡다[잡따]**　　잡고, 잡아서,
잡으면, 잡으니까
catch, grap
捉住、抓

例　경찰이 도둑을 **잡았어요**.
警察抓到了小偷。

두 사람이 손을 **잡았어요**.
兩個人牽了手。

相反　놓치다 錯過
놓다 放開

□ 잡수시다 [잡쑤시다]

잡수시고, 잡수셔서,
잡수시면, 잡수시니까

eat(honorific of '먹다')
吃、用（먹다的尊敬形式）

例 할아버지께서 진지를 **잡수세요**.
爺爺**用**餐。

할머니께서 진지를 **잡수시고** 계세요.
奶奶正在**用**餐。

*「먹다（吃）」的敬語

□ 적다 [적따]

적고, 적어서,
적으면, 적으니까

write
寫

例 여기에 이름을 **적으세요**.
請在這裡**寫下**名字。

중요한 것은 수첩에 **적으세요**.
請將重要事項**寫**在手冊上。

相似 쓰다 寫

□ 전공하다

전공하고, 전공해서,
전공하면, 전공하니까

major in
專攻、主修

例 무엇을 **전공했습니까**?
你**主修**什麼？

저는 경영학을 **전공했습니다**.
我**主修**經營學。

□ 전하다

전하고, 전해서, 전하면, 전하니까

tell, convey
轉告、告訴、轉交

例 어머니께 고맙다고 **전해** 주세요.
請幫我**轉告**您母親說：「謝謝」。

이 편지를 친구에게 **전해** 주세요.
請幫我**轉交**這封信給朋友。

相似 전달하다 傳達

159

動詞 第20天 ♪00

☐ **정리하다[정니하다]** 　정리하고, 정리해서, 　pull things together
　　　　　　　　　　　　　정리하면, 정리하니까　整理

　例　책상 좀 **정리해** 주세요.
　　　請幫我**整理**一下書桌。

　　　짐 좀 **정리해** 주시겠어요?
　　　可以請您幫忙**整理**一下行李嗎？

☐ **정하다**　　　　　　　정하고, 정해서,　　　decide
　　　　　　　　　　　　　정하면, 정하니까　　決定

　例　친구와 약속 시간을 **정했어요**.　　　相似 결정하다 決定
　　　和朋友**決定好**約會時間了。

　　　교실에서는 한국말만 쓰기로 **정했어요**.
　　　決定好在教室裡只能用韓語。

☐ **조사하다**　　　　　　조사하고, 조사해서,　search
　　　　　　　　　　　　　조사하면, 조사하니까　調査

　例　이 문제를 **조사해** 주세요.
　　　請幫我**查**這個問題。

　　　자료를 **조사한** 후에 발표할 거예요.
　　　調查完資料後會發表。

☐ **조심하다**　　　　　　조심하고, 조심해서,　be careful
　　　　　　　　　　　　　조심하면, 조심하니까　小心

　例　건강 **조심하세요**.　　　　　　　　　相似 주의하다 注意
　　　請留意身體健康。

　　　길이 미끄러우니까 **조심해야** 해요.
　　　因為路很滑，所以**要小心**。

160

☐ 졸업하다[조러파다]

졸업하고, 졸업해서,
졸업하면, 졸업하니까

graduate from
畢業

例 내년에 학교를 **졸업할** 거예요.
明年學校**畢業**。

저는 학교를 **졸업한** 후에 취직할 거예요.
我學校**畢業**後要就業。

相反 입학하다 入學

☐ 좋아하다[조아하다]

좋아하고, 좋아해서,
좋아하면, 좋아하니까

like
喜歡

例 저는 과일을 **좋아합니다**.
我**喜歡**水果。

저는 **좋아하는** 여자가 있습니다.
我有**喜歡的**女生。

相反 싫어하다 討厭

☐ 주다

주고, 줘서, 주면, 주니까

give
給

例 영수증을 **주세요**.
請給我收據。

친구가 생일 선물을 **줬어요**.
朋友**送了**生日禮物給我。

相反 받다 收

☐ 주무시다

주무시고, 주무셔서,
주무시면, 주무시니까

sleep(honorific of '자다')
睡覺（자다的尊敬形式）

例 안녕히 **주무세요**.
請好好**睡**。

할아버지께서 **주무시고** 계십니다.
爺爺在**睡覺**。

*「자다（睡）」的敬語

動詞　第20天 Quiz

Ⅰ. 다음 그림을 보고 높임말을 사용하여 문장을 쓰세요.

01

아이가 밥을 먹어요.
⇨ 할아버지께서 _____.

02

아이가 자고 있어요.
⇨ 할아버지께서 _____.

Ⅱ. 다음 밑줄 친 부분과 반대 의미의 단어를 고르세요.

01
가 : 대학교에 언제 입학했어요?
나 : 고등학교를 (　　) 후에 입학했지요.

① 좋아한　　　② 전공한
③ 정리한　　　④ 졸업한

02
가 : 친구에게 선물을 줬어요?
나 : 네, 저도 지난번에 친구에게서 선물을 (　　).

① 잘했거든요　　　② 받았거든요
③ 적었거든요　　　④ 전했거든요

03
가 : 오늘 따뜻하게 옷을 입었어요?
나 : 네, 너무 많이 입어서 더워요. 그래서 옷을 (　　).

① 잡았어요　　　② 잊었어요
③ 벗었어요　　　④ 잃었어요

Ⅲ. 연결된 단어의 관계가 다른 것을 고르세요.

01
① 잡다 – 놓다
② 주다 – 받다
③ 자르다 – 깎다
④ 잃어버리다 – 찾다

02
① 적다 – 쓰다
② 일하다 – 근무하다
③ 입원하다 – 퇴원하다
④ 주의하다 – 조심하다

Ⅳ. 인터뷰 해 보세요.

질문	대답
1. 보통 언제 자요?	
2. 무슨 운동을 잘해요?	
3. 보통 몇 시에 일어나요?	
4. 좋아하는 과일이 뭐예요?	
5. 고등학교는 언제 졸업했어요?	
6. 대학교에서 무엇을 전공했어요?	

動詞　第21天

□ 주문하다
주문하고, 주문해서,
주문하면, 주문하니까

order
訂、點

例 손님, **주문하시겠습니까**?
客人，**您要點餐了嗎**？

주문한 음식이 나왔네요.
您**點的**餐好了！

相似 시키다 點（餐）

□ 주차하다
주차하고, 주차해서,
주차하면, 주차하니까

park
停車

例 여기에 **주차하시면** 됩니다.
（車）**停放**在這裡就可以了。

아직 **주차하는** 것이 어려워요.
停車還是很難。

□ 죽다[죽따]
죽고, 죽어서,
죽으면, 죽으니까

die
死

例 키우던 개가 **죽었어요**.
之前養的狗**死了**。

전쟁 때문에 사람들이 많이 **죽었어요**.
因為戰爭，很多人**死了**。

相反 살다 活

□ 준비하다
준비하고, 준비해서,
준비하면, 준비하니까

prepare
準備

例 엄마는 저녁을 **준비해요**.
媽媽**準備**晚餐。

지금 여행 **준비하고** 있어요.
現在在為旅行做**準備**。

164

□ 줄다

줄고, 줄어서, 줄면, 주니까

decrease, reduce
減少

例 몸무게가 많이 **줄었어요**.
體重**減少了**很多。

지난 학기보다 학생이 많이 **줄었어요**.
學生比上學期**減少了**很多。

相似 줄어들다 減少
相反 늘다 增加
　　 늘어나다 增加
*（名詞）이/가 줄다
　～減少

□ 즐거워하다

즐거워하고, 즐거워해서,
즐거워하면, 즐거워하니까

be amused
高興、開心

例 여자 친구가 영화를 보며 **즐거워했어요**.
女朋友看電影時**很開心**。

아이들이 **즐거워하는** 모습을 보면 행복해요.
看到小孩**高興的**模樣就覺得幸福。

相反 슬퍼하다 傷心

□ 즐기다

즐기고, 즐겨서,
즐기면, 즐기니까

enjoy oneself
享受

例 저는 방학을 잘 **즐기고** 싶어요.
我想好好**享受**假期。

공원에서 자전거를 타며 봄을 **즐겼다**.
在公園騎著腳踏車**享受**春天。

□ 지나다

지나고, 지나서,
지나면, 지나니까

pass
經過

例 벌써 방학이 다 **지났어요**.
假期已經全**過去了**。

한국에 온 지 1년이 **지났어요**.
來到韓國**已過了**1年。

*（時間、場所）이/가
　지나다 ～過去、～經過

動詞　第21天

♪41

☐ 지내다
지내고, 지내서,
지내면, 지내니까

pass(time), spend
度過、相處

例　친구들과 잘 **지내고** 싶습니다.
想和朋友好好**相處**。

한국에서 즐겁게 **지내고** 싶어요.
想在韓國愉快地**度過**。

☐ 지키다
지키고, 지켜서,
지키면, 지키니까

keep, obey
遵守

例　시간 잘 **지키세요**.
請好好**遵守**時間。

약속은 꼭 **지켜야** 해요.
務必要**遵守**約定。

☐ 질문하다
질문하고, 질문해서,
질문하면, 질문하니까

ask, question
提問

例　이해가 안 돼서 **질문했어요**.
因為無法理解，所以**提問了**。

모르는 것이 있으면 **질문하세요**.
如果有不懂的地方**請發問**。

＊（人）에게 질문하다
　向～提問

☐ 짓다[짇따]
짓고, 지어서,
지으면, 지으니까

build
蓋、建造

例　새 집을 **지어서** 살고 싶어요.
新房子**蓋好後**想住（進去）。

우리 집 앞에 아파트를 **짓고** 있어요.
我家前面在**蓋**公寓。

＊（房子、建築物等）을/를
　짓다 蓋、建造～

166

찍다[찍따]

찍고, 찍어서,
찍으면, 찍으니까

take(a photo)
拍、照相

例 사진 좀 **찍어** 주세요.
請幫我**拍**一下照。

어제 졸업 사진을 **찍었어요**.
昨天**拍了**畢業照。

차다

차고, 차서, 차면, 차니까

kick
踢

例 공 좀 **차** 주세요.
請幫我把球**踢**過來。

지하철에서 어떤 사람이 내 다리를 **찼어요**.
在地下鐵有人**踢了**我的腿。

차리다

차리고, 차려서,
차리면, 차리니까

set the table
準備飯菜

例 저녁을 **차린** 후 맛있게 먹었어요.
準備好晚餐後,吃得津津有味。

차린 건 별로 없지만 많이 드세요.
準備得很簡陋,但還是請多吃一點。

찾다[찯따]

찾고, 찾아서,
찾으면, 찾으니까

search, consult(a dictionary)
找、查

例 ① 모르는 단어는 사전에서 **찾으세요**.
不懂的單字,**請查**字典。

② 선생님이 아까 유리 씨를 **찾았어요**.
老師剛剛**找了**幼莉小姐。

動詞　第21天

□ **찾아가다**[차자가다]　찾아가고, 찾아가서,　visit
　　　　　　　　　　　찾아가면, 찾아가니까　訪問

　例　선생님을 만나러 학교로 **찾아갔어요**.　　　*찾아오다 來訪
　　　為了見老師去學校**拜訪了**。

　　　우리는 식사하러 맛있는 식당을 **찾아갔어요**.
　　　我們**找了**美食餐廳用餐。

□ **청소하다**　청소하고, 청소해서,　clean
　　　　　　　청소하면, 청소하니까　打掃

　例　주말에 집을 **청소했어요**.
　　　週末**打掃了**家裡。

　　　저는 **청소하는** 것을 좋아해요.
　　　我喜歡**打掃**。

□ **초대하다**　초대하고, 초대해서,　invite
　　　　　　　초대하면, 초대하니까　邀請

　例　생일에 친구들을 **초대했어요**.
　　　生日**邀請了**朋友。

　　　저녁 식사에 선생님을 **초대하고** 싶습니다.
　　　晚餐想**邀請**老師。

□ **촬영하다**[촤령하다]　촬영하고, 촬영해서,　shoot
　　　　　　　　　　　촬영하면, 촬영하니까　攝影

　例　여기에서 드라마를 **촬영했어요**.　　　相似　찍다 拍（照）
　　　在這裡**拍攝了**電視劇。

　　　저는 영화 **촬영하는** 것을 구경했어요.
　　　我參觀了電影的**拍攝**。

□ 축하하다 [추카하다]

축하하고, 축하해서,
축하하면, 축하니까

congratulate
祝賀

例 생일 **축하해요**.
生日快樂。（生日祝賀。）

친구의 결혼을 **축하해** 주려고 왔어요.
為了祝賀朋友結婚而來。

□ 출근하다

출근하고, 출근해서,
출근하면, 출근하니까

go to work
上班

例 월요일부터 9시까지 **출근하세요**.
請從星期一9點開始上班。

저는 보통 **출근한** 후에 커피를 마십니다.
我通常上班後會喝咖啡。

相反 퇴근하다 下班

□ 출발하다

출발하고, 출발해서,
출발하면, 출발하니까

depart
出發

例 비행기가 곧 **출발하겠습니다**.
飛機馬上就要起飛（出發）了。

1시간 후에 집에서 **출발할게요**.
1小時後會從家裡出發。

相似 떠나다 離開、出發
相反 도착하다 到達

□ 춤추다

춤추고, 춤춰서,
춤추면, 춤추니까

dance
跳舞

例 그 가수는 **춤추면서** 노래해요.
那位歌手一邊跳舞，一邊唱歌。

아이들이 즐겁게 **춤추고** 있어요.
孩子們開心地跳著舞。

*춤을 추다 跳舞

動詞

169

動詞　第21天 Quiz

Ⅰ. 그림을 보고 알맞은 단어를 <보기>에서 골라 쓰세요.

<보기>　찍다　차다　청소하다　출발하다

01　공을 (　　　).

02　집을 (　　　).

03　비행기가 (　　　).

04　사진을 (　　　).

Ⅱ. 다음 (　　)에 알맞은 단어를 <보기>에서 고르세요.

<보기>　짓다　줄다　지키다　질문하다

01　가 : 주말 약속 잊지 않았죠?
　　나 : 그럼요. 약속 꼭 (　　　).

02　가 : 모르는 게 있으면 선생님에게 (　　　).
　　나 : 네. 알겠습니다.

03　가 : 앞으로 꿈이 뭐예요?
　　나 : 저는 고향에 큰 집을 (　　　) 살고 싶어요.

Ⅲ. 다음 (   ) 알맞은 단어를 <보기>에서 골라 쓰세요.

01
<보기> 지나다   지내다

1) 친구들과 즐겁게 (   ).
2) 결혼한 지 1년이 (   ).

02
<보기> 주다   주차하다

1) 배고픈데 밥 좀 빨리 (   ).
2) 차를 가져왔는데 (   ) 수 있어요?

03
<보기> 즐기다   즐거워하다

1) 저는 매운 음식을 (   ) 먹어요.
2) 제가 고향에 가면 부모님께서 (   ).

04
<보기> 차다   차리다

1) 그 공을 저에게 (   ) 주세요.
2) (   ) 것은 없지만 많이 드세요.

05
<보기> 출발하다   출근하다

1) 회사에 몇 시까지 (   )?
2) 곧 비행기가 (   ) 자리에서 일어나지 마십시오.

動詞　第22天

☐ 취소하다

취소하고, 취소해서,
취소하면, 취소니까

cancel
取消

例　내일 모임을 **취소했어요**.
　　取消了明天的聚會。

　　일이 많아서 약속을 **취소했어요**.
　　因為工作很多，所以**取消了**約會。

☐ 취직하다[취지카다]

취직하고, 취직해서,
취직하면, 취직하니까

take a job
就業

例　저도 빨리 **취직하고** 싶어요.
　　我也想趕快**就業**。

　　저는 외국에서 **취직하려고** 해요.
　　我**想**在國外**就業**。

相反　사직하다　辭職
　　　퇴직하다　退職

☐ 치다

치고, 쳐서, 치면, 치니까

play(piano, guitar, tennis)
彈（奏）、打球

例　① 저는 피아노를 잘 **쳐요**.
　　　我很會**彈**鋼琴。

　　② 저는 주말마다 테니스를 **쳐요**.
　　　我每個週末都會**打**網球。

☐ 치료하다

치료하고, 치료해서,
치료하면, 치료하니까

treat
治療

例　이를 **치료하러** 치과에 갔습니다.
　　為了治療牙齒，去了牙科。

　　병은 빨리 **치료하는** 게 좋습니다.
　　疾病要及早**治療**比較好。

□ 켜다

켜고, 켜서, 켜면, 켜니까

turn on
打開

例 불 좀 **켜** 주세요.
請幫我**開**一下燈。

누가 라디오를 **켰어요**?
是誰**打開了**廣播？

相反 끄다 熄滅、關上

□ 타다

타고, 타서, 타면, 타니까

get on, board
坐、騎、搭乘

例 늦어서 택시를 **탔어요**.
很晚了，所以就**搭了**計程車。

놀이공원에서 놀이 기구를 많이 **탔어요**.
在遊樂園**玩了**很多遊樂設施。

相反 내리다 下車

□ 태어나다

태어나고, 태어나서,
태어나면, 태어나니까

be born
出生

例 저는 봄에 **태어났어요**.
我是春天**出生**。

3월 3일은 제가 **태어난** 날이에요.
3月3日是我**出生的**日子。

相似 출생하다 出生
相反 죽다 死

□ 통하다

통하고, 통해서,
통하면, 통하니까

understand, comprehend
相投、說得通

例 나는 그 사람과 잘 **통한다**.
我和那個人很**合得來**。

가끔은 부모님과 말이 **통하지** 않아요.
偶爾和父母親說話說不**通**。

動詞 第22天

□ **퇴근하다**　　퇴근하고, 퇴근해서,　　get off work
　　　　　　　　　퇴근하면, 퇴근하니까　　下班

　例　그는 항상 제시간에 **퇴근해요**.
　　　他總是很準時下班。

　　　퇴근하고 나서 친구를 만났어요.
　　　下班後見了朋友。

　　　　　　　　　　　　　　　　　　　相反　출근하다　上班

□ **틀다**　　틀고, 틀어서, 틀면, 트니까　　turn on
　　　　　　　　　　　　　　　　　　　　　　開、擰

　例　화장실에 물을 **틀어** 놓았어요.
　　　開了洗手間裡的水。

　　　집에 오자마자 라디오를 **틀었어요**.
　　　一回到家就轉開了收音機。

　　　　　　　　　　　　　　　　　　　相反　잠그다　鎖
　　　　　　　　　　　　　　　　　　　　　　 끄다　關

□ **틀리다**　　틀리고, 틀려서,　　mistake
　　　　　　　　틀리면, 틀리니까　　弄錯

　例　답이 **틀렸어요**.
　　　答案錯了。

　　　틀린 문제는 다시 확인하세요.
　　　答錯的問題，請再次確認。

　　　　　　　　　　　　　　　　　　　相反　맞다　對

□ **팔다**　　팔고, 팔아서, 팔면, 파니까　　sell
　　　　　　　　　　　　　　　　　　　　　　賣

　例　이 가게에서는 꽃을 **팝니다**.
　　　這間店是賣花。

　　　주인이 손님한테 옷을 **팔아요**.
　　　老闆賣衣服給客人。

　　　　　　　　　　　　　　　　　　　相反　사다　買

174

☐ 팔리다

팔리고, 팔려서, 팔리면, 팔리니까

sell
賣出去

例 그 옷은 다 **팔렸어요**.
那件衣服全**賣完了**。

사과가 다 **팔리고** 없어요.
水果全**賣掉**,沒有了。

☐ 펴다

펴고, 펴서, 펴면, 펴니까

open
攤開、翻開

例 책 109쪽을 **펴세요**.
請翻開書的第109頁。

지하철 안에서는 신문을 **펴지** 마세요.
請別在地下鐵裡面**攤開**報紙。

相反 덮다 蓋上

☐ 풀다

풀고, 풀어서, 풀면, 푸니까

solve, untie
解開、解答

例 문제를 **푼** 후에 답을 물어 봤어요.
解題後,問了答案。

시험을 잘 보려면 문제를 많이 **풀어** 보세요.
如果想要將考試考好,請試著多**解**題。

*스트레스를 풀다
抒解壓力

☐ 피다

피고, 피어서, 피면, 피니까

blossom
(花)開

例 정원에 꽃이 많이 **피었어요**.
院子裡**開了**很多花。

봄에는 여러 가지 꽃이 **피어요**.
春天會**開**各種花。

動詞　第22天

♪44

☐ 피우다
피우고, 피워서, 피우면, 피우니까

smoke
抽（菸）

例 담배를 **피우지** 마세요.
請別**抽**菸。

학교에서는 담배를 **피우면** 안 됩니다.
不可以在學校**抽**菸。

☐ 하다
하고, 해서, 하면, 하니까

do
做

例 주말에 뭐 **해요**?
週末要**做**什麼？

저는 **하는** 일마다 다 잘 돼요.
我**做的**每件事都很成功。

☐ 합격하다
합격하고, 합격해서, 합격하면, 합격하니까

pass(examination)
及格

例 저는 대학교에 **합격했어요**.
我**考上**大學了。（我大學**合格了**。）

친구가 입사 시험에 **합격해서** 축하해 줬어요.
朋友**因為**（我）入公司考試**合格**，**所以**祝賀我了。

相反 떨어지다, 낙방하다
落榜

☐ 화나다
화나고, 화나서, 화나면, 화나니까

get angry
生氣

例 친구가 많이 **화났어요**.
朋友很**生氣**。

나는 **화가 나면** 그냥 자요.
我**如果生氣**，就會睡覺。

*화가 나다 生氣

☐ 화내다

화내고, 화내서,
화내면, 화내니까

get angry
生氣

例 내가 잘못했으니 **화내지** 마세요.
是我錯了，所以請別**生氣**。

친구는 큰소리로 **화내면서** 나갔어요.
朋友大發雷霆（大聲**發火**）後出去了。

*화를 내다
　生氣、發火、發脾氣

☐ 화장하다

화장하고, 화장해서,
화장하면, 화장하니까

wear makeup
打扮、化妝

例 친구는 예쁘게 **화장했어요**.
朋友**打扮**得很漂亮。

저는 **화장하는** 것을 좋아해요.
我喜歡**化妝**。

☐ 확인하다[화긴하다]

확인하고, 확인해서,
확인하면, 확인하니까

confirm, make sure
確認

例 예약 좀 **확인하려고** 합니다.
我**想確認**一下預約。

이메일을 **확인한** 후 답장을 보냈어요.
確認電子郵件後寄了回信。

☐ 환영하다[화녕하다]

환영하고, 환영해서,
환영하면, 환영하니까

welcome
歡迎

例 입학생 여러분! **환영합니다**.
各位新生！**歡迎**（你們）。

한국에 오신 걸 **환영합니다**.
歡迎來到韓國。

動詞　第22天 Quiz

Ⅰ. 그림을 보고 (　)에 알맞은 단어를 <보기>에서 골라 쓰세요.

<보기>　치다　타다　펴다　피다

01 책을 (　　).

02 꽃이 (　　).

03 차를 (　　).

04 피아노를 (　　).

Ⅱ. 다음 단어와 반대의 의미를 가진 것을 연결하세요.

틀다　•　　　　•　사다

팔다　•　　　　•　끄다

펴다　•　　　　•　덮다

틀리다　•　　　　•　맞다

태어나다　•　　　　•　출근하다

퇴근하다　•　　　　•　죽다

Ⅲ. 다음 단어와 관계있는 말이 잘못된 것을 고르세요.

01 ① 영화관 – 치료하다   ② 가게 – 팔다
    ③ 대학교 – 합격하다   ④ 회사 – 취직하다

02 ① 불 – 켜다   ② 꽃 – 피다
    ③ 시험 – 풀다   ④ 라디오 – 타다

03 ① 말 – 통하다   ② 기타 – 치다
    ③ 문제 – 틀다   ④ 예약 – 취소하다

Ⅳ. 다음 (   )에 알맞은 단어를 <보기>에서 골라 넣으세요.

<보기> 팔다   팔리다   화나다   화내다

01 가 : 영희 씨, 엄마한테 큰 소리로 (   )지 마세요.
    나 : 저도 알아요. 그런데 엄마가 자꾸 잔소리를 해서요.

02 가 : 죄송합니다. 오늘 영업은 끝났습니다.
    나 : 빵이 벌써 다 (   )? 일부러 멀리서 왔는데…….

03 가 : 오랜만에 옷을 다 (   ) 기분이 좋아요.
    나 : 다행이에요. 매일 장사가 잘 되면 좋겠어요.

04 가 : 무슨 일 있어요? (   ) 것 같아요.
    나 : 네. 친구 때문에 기분이 나빴는데, 말도 못했거든요.

잠깐! 쉬어가기 休息一下！

▍ 불규칙 활용1 不規則活用 1

這裡一起來認識關於動詞與形容詞的不規則活用吧！

ㄷ不規則活用：語幹的尾音「ㄷ」若遇到母音（아/어서、았/었、으면……），就會轉變成「ㄹ」。

單字	品詞	V/A-고	A-ㄴ/은 V-는데	V/A -(으)니까	V/A -아/어요	V-(으)세요
걷다	不規則動詞	걷고	걷는데	**걸**으니까	**걸**어요	**걸**으세요
듣다	不規則動詞	듣고	듣는데	**들**으니까	**들**어요	**들**으세요
묻다	不規則動詞	묻고	묻는데	**물**으니까	**물**어요	**물**으세요
닫다	規則動詞	닫고	닫는데	닫으니까	닫아요	닫으세요
믿다	規則動詞	믿고	믿는데	믿으니까	믿어요	믿으세요
받다	規則動詞	받고	받는데	받으니까	받아요	받으세요

ㄹ不規則（脫落）活用：①語幹的尾音「ㄹ」若遇到母音「으」，「으」就會消失不見。
②語幹的尾音「ㄹ」若遇到子音「ㄴ、ㅂ、ㅅ」，「ㄹ」就會消失不見。

單字	品詞	V/A-고	A-ㄴ/은 V-는데	V/A -(으)니까	V/A -아/어요	A/V -ㅂ/습니다
놀다	不規則動詞	놀고	**노**는데	**노**니까	놀아요	**놉**니다
들다	不規則動詞	들고	**드**는데	**드**니까	들어요	**듭**니다
만들다	不規則動詞	만들고	**만드**는데	**만드**니까	만들어요	**만듭**니다
벌다	不規則動詞	벌고	**버**는데	**버**니까	벌어요	**법**니다
살다	不規則動詞	살고	**사**는데	**사**니까	살아요	**삽**니다
알다	不規則動詞	알고	**아**는데	**아**니까	알아요	**압**니다
열다	不規則動詞	열고	**여**는데	**여**니까	열어요	**엽**니다
울다	不規則動詞	울고	**우**는데	**우**니까	울어요	**웁**니다
팔다	不規則動詞	팔고	**파**는데	**파**니까	팔아요	**팝**니다
길다	不規則形容詞	길고	**긴**데	**기**니까	길어요	**깁**니다
멀다	不規則形容詞	멀고	**먼**데	**머**니까	멀어요	**멉**니다

르不規則活用：語幹的尾音「으」若遇到母音「아/어、았/었」,「으」就會消失不見,並且會再增添一個「ㄹ」。

單字	品詞	V/A-고	A-ㄴ/은 V-는데	V/A -(으)니까	A-아/어서	V-았/었어요
고르다	不規則動詞	고르고	고르는데	고르니까	**골라**서	**골랐**어요
누르다	不規則動詞	누르고	누르는데	누르니까	**눌러**서	**눌렀**어요
모르다	不規則動詞	모르고	모르는데	모르니까	**몰라**서	**몰랐**어요
부르다	不規則動詞	부르고	부르는데	부르니까	**불러**서	**불렀**어요
서두르다	不規則動詞	서두르고	서두르는데	서두르니까	**서둘러**서	**서둘렀**어요
오르다	不規則動詞	오르고	오르는데	오르니까	**올라**서	**올랐**어요
흐르다	不規則動詞	흐르고	흐르는데	흐르니까	**흘러**서	**흘렀**어요
다르다	不規則形容詞	다르고	다른데	다르니까	**달라**서	**달랐**어요
빠르다	不規則形容詞	빠르고	빠른데	빠르니까	**빨라**서	**빨랐**어요

▍예문을 통해 알아봅시다. 透過例句一起來了解一下吧！

ㄷ不規則

- 하루에 한 시간씩 **걸으니까** 건강해졌어요. **因為**一天**走**一小時，**所以**變健康了。
- 선생님께 칭찬을 **들어서** 기분이 좋아요. **因為**受到老師稱讚，**所以**心情很好。
- 모르는 게 있으면 언제든지 **물어보세요**. 如果有不懂的地方，歡迎隨時**問**我。

ㄹ不規則

- 친구가 집에 와서 **노니까** 엄마가 과자를 **만드셨어요**.
  因為朋友來家裡**玩**，**所以**媽媽就**做了**餅乾。
- 혼자 **사니까** 음식 재료를 조금씩 **파는** 가게에 자주 가게 되었어요.
  因為一個人**住**，**所以**就常去光顧**販賣**少量食材的店家。
- 제가 **아는** 사람은 남자이지만 머리가 아주 **깁니다**.
  我**認識的**人雖然是男生，但頭髮卻非常**長**。

르不規則

- 저는 한국 음식을 잘 **몰라서** 친구가 메뉴를 **골라줬어요**.
  我**不太清楚**韓國料理，**所以**朋友幫我**點了**餐（**幫我挑選了**菜單）。
- 위층에서 누나가 **불러서** 저는 서둘러 **올라갔어요**.
  姊姊在樓上**叫我**，**所以**我急忙**上去了**。
- 저는 한국어가 재미있어서 배우는 속도가 **빨랐어요**.
  因為韓語很有趣，所以我學得很**快**。

形容詞　第23天

□ **가깝다[가깝따]**　　가깝고, 가까워서,　　near, close
　　　　　　　　　　　가까우면, 가까우니까　　近

例　집에서 지하철역이 **가까워요**.　　相反　멀다　遠
　　家離地鐵站很近。

　　회사에서 **가까운** 곳에 살아요.
　　住在離公司很近的地方。

□ **가볍다[가볍따]**　　가볍고, 가벼워서,　　light
　　　　　　　　　　　가벼우면, 가벼우니까　　輕

例　이 운동화는 아주 **가벼워요**.　　相反　무겁다　重
　　這雙運動鞋很輕。

　　가방이 무겁지 않아요. 아주 **가벼워요**.
　　包包不重。很輕。

□ **간단하다**　　간단하고, 간단해서,　　simple
　　　　　　　　간단하면, 간단하니까　　簡單

例　이 요리를 만드는 방법은 **간단해요**.　　相似　쉽다　簡單
　　製作這道料理的方法很簡單。　　　　　　　相反　복잡하다　複雜
　　　　　　　　　　　　　　　　　　　　　　　　　어렵다　困難
　　이 일은 그렇게 **간단한** 문제가 아니에요.
　　這件事不是那麼簡單的問題。

□ **같다[갇따]**　　같고, 같아서,　　same
　　　　　　　　　같으면, 같으니까　　一樣

例　우리는 **같은** 반 친구예요.　　相反　다르다　不一樣
　　我們是同班同學。

　　저랑 제 친구는 고향이 **같아요**.
　　我和我的朋友故鄉一樣。

☐ 건강하다

건강하고, 건강해서,
건강하면, 건강하니까

healthy
健康

例 **건강하게** 오래 사세요.
祝您身體健康，長命百歲。（請您活得健康長久。）

저는 **건강하게** 잘 지냅니다.
我會健健康康地好好過日子。

☐ 고프다

고프고, 고파서,
고프면, 고프니까

hungry
餓

例 저는 배가 **고프지** 않아요.
我肚子不餓。

배가 **고프니까** 아무 생각도 안 나요.
肚子餓了，所以什麼都想不起來。

相反 (배가) 부르다
     (肚子) 飽

☐ 괜찮다[괜찬타]

괜찮고, 괜찮아서,
괜찮으면, 괜찮으니까

all right, OK
沒關係、不錯

例 저는 **괜찮으니까** 먼저 가세요.
我沒關係，您先離開吧！

그 사람은 정말 **괜찮은** 사람이에요.
那個人真的是一個不錯的人。

☐ 귀엽다[귀엽따]

귀엽고, 귀여워서,
귀여우면, 귀여우니까

cute
可愛

例 저 아이는 정말 **귀엽네요**.
那個小孩真的很可愛呢！

그렇게 입으니까 **귀여워** 보여요.
這麼一穿，看起來好可愛。

形容詞 第23天

□ 급하다 [그파다]
급하고, 급해서,
급하면, 급하니까

rash, urgent
急、性急

例 ① 저는 성격이 **급한** 편이에요.
我個性屬於比較**急**。

② **급한** 일이 생겨서 먼저 가야 해요.
因為我有**急**事，所以要先走了。

□ 기쁘다
기쁘고, 기뻐서,
기쁘면, 기쁘니까

glad
高興、開心

例 다시 만나서 정말 **기뻐요**.
真的很**高興**能再次見面。

취직 시험에 합격해서 정말 **기쁩니다**.
真的很**開心**就業考試合格。

相似 좋다 開心
　　 즐겁다 快樂
相反 슬프다 傷心
　　 괴롭다 痛苦

□ 길다
길고, 길어서, 길면, 기니까

long
長

例 어제 바지를 샀는데 너무 **길어요**.
昨天買了褲子，但是太**長**了。

머리를 조금 더 **길게** 잘라 주세요.
請幫我剪頭髮時稍微再留**長**一點。

相反 짧다 短

□ 깨끗하다 [깨끄타다]
깨끗하고, 깨끗해서,
깨끗하면, 깨끗하니까

clean
乾淨

例 우리 교실은 아주 **깨끗해요**.
我們教室非常**乾淨**。

방을 **깨끗하게** 청소해 주세요.
請幫我將房間打掃**乾淨**。

相反 더럽다 髒

□ 나쁘다

나쁘고, 나빠서,
나쁘면, 나쁘니까

bad
壞

例 저 사람은 성격이 **나빠요**.
那個人個性**不好**。

저는 기분이 **나쁠** 때 노래방에 가요.
我心情**不好**時會去KTV。

相反 좋다 好

□ 낮다[낟따]

낮고, 낮아서,
낮으면, 낮으니까

low
低

例 저는 굽이 **낮은** 구두만 신어요.
我只穿**低**跟鞋。

우리 동네에는 **낮은** 산이 많아요.
我們社區裡**矮的**山很多。

相反 높다 高

□ 넓다[널따]

넓고, 넓어서,
넓으면, 넓으니까

wide, spacious
寬敞

例 학교 운동장이 **넓네요**.
學校運動場很**寬敞呢**!

남자친구는 마음이 **넓어요**.
男朋友心胸**寬大**。

相反 좁다 窄

□ 높다[놉따]

높고, 높아서,
높으면, 높으니까

high
高

例 서울에는 **높은** 빌딩이 많아요.
首爾有很多**高**樓大廈。

가을 하늘은 **높고** 파랗습니다.
秋天的天空又**高**又藍。

相反 낮다 低

形容詞　第23天

□ 느리다
느리고, 느려서,
느리면, 느리니까

slow
慢

例　인터넷이 너무 **느려서** 답답해요.
　　網路太**慢**，**所以**很悶。

　　저는 말도 **느리고** 행동도 **느려요**.
　　我說話也**慢**，行動也**慢**。

相反　빠르다　快

□ 늦다 [늗따]
늦고, 늦어서,
늦으면, 늦으니까

late
晚

例　어제 집에 **늦게** 들어갔어요.
　　昨天很**晚**回到家。

　　내일은 시험이니까 **늦으면** 안 됩니다.
　　因為明天考試，所以不可以**遲到**。

□ 다르다
다르고, 달라서,
다르면, 다르니까

different
不同

例　사람들은 모두 생각이 **달라요**.
　　每個人的想法都**不同**。

　　내 친구는 나와 성격이 많이 **달라요**.
　　我的朋友和我個性大**不相同**。

相反　같다　相同

□ 달다
달고, 달아서, 달면, 다니까

sweet
甜

例　저는 **단** 음식을 좋아해요.
　　我喜歡**甜**食。

　　저는 커피를 **달게** 먹는 편이에요.
　　我屬於咖啡喝得比較**甜**的人。

□ 더럽다[더럽따]

더럽고, 더러워서,
더러우면, 더러우니까

dirty
髒

例 **더러운** 옷을 입으면 냄새가 나요.
如果穿**髒**衣服，會有味道。

청소를 안 해서 방이 좀 **더러워요**.
因為沒打掃，所以房間有一點**髒**。

相反 깨끗하다 乾淨

□ 덥다[덥따]

덥고, 더워서,
더우면, 더우니까

hot
熱

例 이번 여름은 너무 **더워요**.
這個夏天非常**熱**。

더운데, 에어컨 좀 켤까요?
很**熱**，要不要開一下冷氣呢？

相反 춥다 冷

□ 두껍다[두껍따]

두껍고, 두꺼워서,
두꺼우면, 두꺼우니까

thick
厚

例 이불이 너무 **두껍고** 무거워요.
棉被非常**厚**，又重。

추우니까 옷을 **두껍게** 입으세요.
很冷，所以衣服請穿**厚**一點。

相反 얇다 薄

□ 따뜻하다[따뜨타다]

따뜻하고, 따뜻해서,
따뜻하면, 따뜻하니까

warm
暖和

例 날씨가 **따뜻해서** 산책하기 좋네요.
天氣很**暖和**，所以很適合散步呢！

우리 선생님은 마음이 **따뜻한** 사람이에요.
我們老師是一個心地**溫暖的**人。

形容詞

形容詞　第23天 Quiz

Ⅰ. 다음 대화의 빈칸에 알맞은 단어를 고르세요.

01
가 : 학교에서 집까지 시간이 얼마나 걸려요?
나 : 얼마 안 걸려요. 아주 (　　).

① 멀어요　　　　② 가까워요
③ 넓어요　　　　④ 조용해요

02
가 : 제가 짐이 좀 많은데 방 크기가 어때요?
나 : 걱정하지 마세요. 아주 (　　).

① 좁으니까요　　② 넓으니까요
③ 적으니까요　　④ 많으니까요

03
가 : 행복하게 사는 데 뭐가 제일 중요할까요?
나 : 가족 모두 (　　) 것이 제일이에요. 아프면 돈도 소용없어요.

① 건강한　　　　② 귀여운
③ 힘든　　　　　④ 피곤한

Ⅱ. 다음 밑줄 친 단어와 반대되는 의미를 고르세요.

01
가 : 명동은 지하철만 타면 갈 수 있어요. <u>간단하지요</u>?
나 : 아니요, 지하철 노선도가 너무 (　　) 보고 있으면 머리가 아파요.

① 작아서　　　　② 적어서
③ 복잡해서　　　④ 쉬워서

02
가 : <u>더러운</u> 손으로 아기를 만지면 안 돼요.
나 : 방금 (　　) 씻고 왔어요.

① 예쁘게　　　　② 깨끗하게
③ 간단하게　　　④ 부드럽게

Ⅲ. 다음 그림을 보고 서로 반대되는 단어를 (   )에 쓰세요.

01

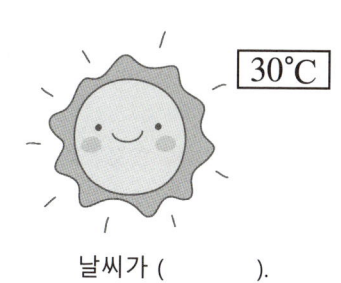

날씨가 <u>춥다</u>. ↔ 날씨가 (   ).

02

기분이 <u>좋다</u>. ↔ 기분이 (   ).

03

옷이 <u>길다</u>. ↔ 치마가 (   ).

04

건물이 <u>높다</u>. ↔ 건물이 (   ).

形容詞　第24天

☐ 똑같다[똑깓따]
똑같고, 똑같아서,
똑같으면, 똑같으니까

same
一樣

相似 같다 相同
相反 다르다 不同

例 우리 형제는 성격이 **똑같아요**.
我們兄弟的個性一樣。

저는 매일 **똑같은** 생활을 해요.
我每天過著一樣的生活。

☐ 뜨겁다[뜨겁따]
뜨겁고, 뜨거워서,
뜨거우면, 뜨거우니까

hot
熱、燙

相反 차갑다 涼、冰冷
　　 차다 涼、冷、冷漠

例 커피가 너무 **뜨거워요**.
咖啡太燙了。

추우니까 **뜨거운** 국물을 먹고 싶네요.
因為很冷，所以真想喝熱呼呼的湯呢！

☐ 마르다
마르고, 말라서,
마르면, 마르니까

be thirsty
渴

*목이 마르다 口渴

例 목이 **마르니** 물 좀 주세요.
因為口渴，請給我一點水。

땀을 많이 흘리면 목이 **말라요**.
流很多汗的話，口會渴。

☐ 많다[만타]
많고, 많아서,
많으면, 많으니까

numerous
多

相反 적다 少

例 여행을 하면서 **많은** 경험을 했어요.
旅行時體驗了很多。

이 식당에는 항상 손님들이 **많아요**.
這間餐廳客人總是很多。

190

□ 맑다 [막따]

맑고, 맑아서,
맑으면, 맑으니까

clear
清澈、晴朗

例 오늘 날씨가 정말 **맑아요**.
今天天氣真的很晴朗。

제주도의 바다는 정말 **맑고** 깨끗해요.
濟州島的海真的既清澈又乾淨。

相反 흐리다 陰
더럽다 髒

□ 맛있다 [마딛따/마싣따]

맛있고, 맛있어서,
맛있으면, 맛있으니까

delicious
好吃

例 **맛있게** 많이 드세요.
請多多享用。

엄마가 만들어 준 음식이 제일 **맛있어요**.
媽媽做的食物最好吃了。

相反 맛없다 不好吃

□ 맵다 [맵따]

맵고, 매워서,
매우면, 매우니까

spicy
辣

例 김치찌개가 정말 **맵네요**.
泡菜鍋真的很辣呢！

저는 **매운** 음식을 잘 못 먹어요.
我不太敢吃辣的食物。

□ 멀다

멀고, 멀어서, 멀면, 머니까

far
遠

例 학교가 집에서 좀 **멀어요**.
學校離家裡有一點遠。

그곳은 걸어가기에는 너무 **멀어요**.
走去那裡太遠了。

相反 가깝다 近

形容詞 第24天

♪ 47

□ **멋있다**
[머딛따/머싣따]

멋있고, 멋있어서,
멋있으면, 멋있으니까

cool, good-looking
帥氣

例 남자친구가 정말 **멋있네요**.
男朋友真的很**帥**呢！

드라마에는 **멋있는** 남자가 많이 나와요.
電視劇裡有很多**帥氣的**男人。

相反 멋없다 乏味、俗氣

□ **무겁다**
[무겁따]

무겁고, 무거워서,
무거우면, 무거우니까

heavy
重

例 가방이 정말 **무겁네요**.
包包真的很**重**呢！

친구가 **무거운** 물건을 들고 있어서 도와줬어요.
因為朋友提著**重**物，所以就幫了他。

相反 가볍다 輕

□ **무섭다**
[무섭따]

무섭고, 무서워서,
무서우면, 무서우니까

scary
可怕

例 선생님은 **무섭지만** 아주 좋아요.
雖然老師很**可怕**，**但是**人非常好。

놀이기구가 너무 **무서워서** 못 탔어요.
因為遊樂設施太**可怕**了，**所以**不敢搭。

□ **미안하다**

미안하고, 미안해서,
미안하면, 미안하니까

sorry
抱歉

例 나 때문에 이렇게 돼서 **미안해**.
對不起，都是因為我才會這樣。

미안하지만 나 좀 도와줄 수 있어요?
對不起，可以幫一下我嗎？

相似 죄송하다 抱歉

192

□ 바쁘다

바쁘고, 바빠서,
바쁘면, 바쁘니까

busy
忙

例 너무 **바빠서** 점심을 못 먹었어요.
因為太**忙**了，**所以**沒吃午餐。

오늘은 좀 **바쁘니까** 다음에 만나요.
因為今天有一點**忙**，**所以**下次再見面。

相反 한가하다 清閒

□ 반갑다[반갑따]

반갑고, 반가워서,
반가우면, 반가우니까

glad
高興

例 만나서 **반갑습니다**.
很**高興**見到你。

외국에서 고향 사람을 만나면 참 **반가워요**.
在國外遇見家鄉的人就會很**高興**。

相似 기쁘다 高興、開心

□ 밝다[박따]

밝고, 밝아서,
밝으면, 밝으니까

bright
明亮

例 내 친구는 **밝게** 잘 웃어요.
我的朋友很常笑得很**開朗**。

교실이 **밝아서** 공부하기에 좋아요.
因為教室裡很**明亮**，**所以**很適合念書。

相反 어둡다 暗

□ 배부르다

배부르고, 배불러서,
배부르면, 배부르니까

full
肚子飽

例 **배부르니까** 졸려요.
因為肚子很**飽**，**所以**覺得睏。

점심을 늦게 먹어서 아직도 **배가 불러요**.
因為午餐很晚才吃，所以**肚子**還很**飽**。

相反 (배가) 고프다
　　　（肚子）餓
*배가 부르다 肚子飽

形容詞

193

形容詞　第24天

☐ 복잡하다[복짜파다]
복잡하고, 복잡해서, 복잡하면, 복잡하니까

complex
複雜、雜亂

例　출근 시간에 지하철은 너무 **복잡해요**.
　　上班時間地下鐵十分**雜亂**。

　　지금은 생각이 **복잡하니까** 나중에 얘기해요.
　　現在想法很**複雜**，**所以**以後再説。

相反　간단하다 簡單
　　　쉽다 容易

☐ 부드럽다[부드럽따]
부드럽고, 부드러워서, 부드러우면, 부드러우니까

soft
軟、溫柔

例　아기의 피부가 정말 **부드러워요**.
　　小孩的皮膚真的很**柔軟**。

　　선생님께서는 **부드럽게** 웃으셨어요.
　　老師**溫柔地**笑了。

相反　딱딱하다 硬

☐ 부지런하다
부지런하고, 부지런해서, 부지런하면, 부지런하니까

hardworking
辛勤

例　동생은 착하고 **부지런한** 사람이에요.
　　弟弟（妹妹）是一個既乖巧又**勤勞的**人。

　　제 남편은 **부지런한데**, 저는 게으른 편이에요.
　　我老公很**勤勞**，我則比較懶散。

相似　성실하다 老實
相反　게으르다 懶惰

☐ 비슷하다[비스타다]
비슷하고, 비슷해서, 비슷하면, 비슷하니까

similar
相似

例　우리 가족들은 다 **비슷하게** 생겼어요.
　　我們家的人長得都很**相像**。

　　비슷한 사람들끼리 친해지는 것 같아요.
　　人好像會物以類聚。（**相似的**人之間，好像會變得親近。）

相似　유사하다 類似
相反　다르다 不同

□ 비싸다

비싸고, 비싸서,
비싸면, 비싸니까

expensive
貴

相反 싸다 便宜

例 시장보다 백화점이 더 **비싸요**.
百貨公司比市場更**貴**。

과일 값이 너무 **비싸서** 못 샀어요.
因為水果的價格太**貴**，**所以**沒有買。

□ 빠르다

빠르고, 빨라서,
빠르면, 빠르니까

fast
快

相反 느리다 慢

例 시간이 정말 **빠르네요**.
時間過得真**快**呢！

버스보다 지하철로 가는 게 더 **빠를** 거예요.
比起公車搭地下鐵去會更**快**。

□ 쉽다[쉽따]

쉽고, 쉬워서,
쉬우면, 쉬우니까

easy
容易

相反 어렵다 困難
　　 복잡하다 複雜

例 이 요리는 만들기가 **쉬워요**.
做這道料理很**簡單**。

이번 시험은 **쉬워서** 성적이 좋을 것 같아요.
因為這次考試很**簡單**，所以成績應該會很好。

□ 슬프다

슬프고, 슬퍼서,
슬프면, 슬프니까

sad
悲哀

相反 기쁘다 高興、開心

例 영화가 너무 **슬퍼서** 많이 울었어요.
因為電影太**悲傷**了，**所以**哭得很傷心。

돌아가신 아버지를 생각하면 너무 **슬퍼요**.
一想起過世的父親就十分**傷心**。

形容詞　第24天 Quiz

I. 서로 반대되는 단어를 (　　)에 쓰세요.

01

커피가 뜨겁다. ↔ 물이 (　　　).

02

돈이 많다. ↔ 돈이 (　　　).

03

가격이 싸다. (만 원) ↔ 가격이 (　　　). (십만 원)

04

가방이 무겁다. ↔ 가방이 (　　　).

05

배가 부르다. ↔ 배가 (　　　).

Ⅱ. 다음 밑줄 친 단어와 비슷한 의미의 단어를 고르세요.

01
가 : 오랜만에 만나서 정말 기쁘셨겠어요.
나 : 네, 정말 (   ).

① 괴로웠어요　　② 반가웠어요
③ 재미있었어요　④ 심심했어요

02
가 : 휴대 전화 사용법이 생각보다 쉽네요.
나 : 네, 어려울 것 같았는데 생각보다 (   ).

① 넓어요　　② 복잡해요
③ 간단해요　④ 힘들어요

Ⅲ. 다음 대화의 빈칸에 알맞은 단어를 고르세요.

01
가 : 우리 저 놀이기구 타요.
나 : 미안해요. 저는 높은 곳이 너무 (   ) 못 타요.

① 무서워서　② 조용해서
③ 무거워서　④ 친절해서

02
가 : 어떡하지? 도서관에서 빌린 책을 잃어버렸어.
나 : 괜찮아. (   ) 책을 사서 도서관에 갖다 주고 이야기하면 돼.

① 다른　　② 슬픈
③ 재미있는　④ 똑같은

Ⅳ. 다음 글의 빈칸에 알맞은 단어를 고르세요.

01
저는 좀 게으른 편입니다. 잠도 많이 자고 게임을 하거나 텔레비전 보는 것을 좋아합니다. 방 청소도 잘 안 합니다. 우리 어머니는 저하고는 반대로 아주 (   ). 그래서 제 방을 보시면 항상 화를 내십니다.

① 무서우십니다　　② 슬프십니다
③ 부지런하십니다　④ 친절하십니다

形容詞　第25天

□ **시끄럽다[시끄럽따]**　시끄럽고, 시끄러워서,　　noisy
　　　　　　　　　　　시끄러우면, 시끄러우니까　　吵

　例　쉬는 시간이라서 **시끄럽군요**.　　　　　　　相反　조용하다　安靜
　　　因為是休息時間，所以才會很**吵啊**！

　　　밖이 **시끄러워서** 잘 수가 없어요.
　　　因為外面很**吵**，**所以**睡不著。

□ **시다**　　　　　시고, 셔서, 시면, 시니까　　　　sour
　　　　　　　　　　　　　　　　　　　　　　　　　酸

　例　레몬이 너무 **셔요**.
　　　檸檬太**酸**了。

　　　저는 **신** 것을 좋아해요.
　　　我喜歡**酸**的東西。

□ **시원하다**　　시원하고, 시원해서,　　　　　　cool
　　　　　　　　시원하면, 시원하니까　　　　　　涼快

　例　가을이라서 날씨가 **시원해요**.　　　　　　相似　선선하다　涼爽
　　　因為是秋天，所以天氣很**涼爽**。

　　　저는 **시원한** 날씨를 좋아해요.
　　　我喜歡**涼爽的**天氣。

□ **싫다[실타]**　싫고, 싫어서,　　　　　　　　　hate
　　　　　　　　싫으면, 싫으니까　　　　　　　　討厭

　例　**싫은** 사람이 있어요?　　　　　　　　　　相反　좋다　喜歡
　　　有**討厭的**人嗎？

　　　나는 공부하기 **싫어요**.
　　　我**討厭**念書。

☐ 심하다

심하고, 심해서,
심하면, 심하니까

terrible, severe
厲害、嚴重

例 두통이 **심해서** 푹 잤어요.
因為頭痛很嚴重，所以好好地睡了一覺。

감기가 **심해서** 집에 일찍 갔어요.
因為感冒很嚴重，所以提早回家了。

☐ 싱겁다

싱겁고, 싱거워서,
싱거우면, 싱거우니까

bland
味道淡、清淡

例 **싱거운** 음식이 건강에 좋아요.
清淡的食物有益身體健康。

국이 **싱거워서** 소금을 넣었어요.
因為湯很淡，所以放了鹽巴。

相反 짜다 鹹

☐ 싸다

싸고, 싸서, 싸면, 싸니까

cheap
便宜

例 과일이 **싸네요**.
水果很便宜呢！

지하철이 택시보다 **싸요**.
地下鐵比計程車便宜。

相反 비싸다 貴

☐ 쓰다

쓰고, 써서, 쓰면, 쓰니까

bitter
苦

例 입에 **쓴** 약이 몸에 좋아요.
良藥苦口。（服用苦藥對身體很好。）

약이 너무 **써서** 못 먹겠어요.
因為藥太苦，所以沒辦法吃。

形容詞　第25天

☐ 아니다
아니고, 아니어서,
아니면, 아니니까

not
不是

> 例　지금은 9시가 **아니에요**.
> 現在不是9點。
>
> 여기는 우리 교실이 **아니에요**.
> 這裡不是我們的教室。

*（名詞）이/가 아니다
　不是～

☐ 아름답다[아름답따]
아름답고, 아름다워서,
아름다우면, 아름다우니까

beautiful
美

> 例　제주도는 정말 **아름다워요**.
> 濟州島真的很美。
>
> **아름다운** 경치를 보면 기분이 좋아요.
> 一看到美麗的風景，心情就很好。

☐ 아프다
아프고, 아파서,
아프면, 아프니까

painful
疼

> 例　머리가 **아파요**.
> 頭很痛。
>
> 배가 **아파서** 밥을 먹을 수 없어요.
> 因為肚子痛，所以吃不下飯。

☐ 안전하다
안전하고, 안전해서,
안전하면, 안전하니까

safe
安全

> 例　**안전한** 곳을 찾아봅시다.
> 找找看安全的地方吧！
>
> 밤에는 **안전한** 길로 가세요.
> 晚上請走安全的路。

相反　위험하다　危險

□ 알맞다[알맏따]

알맞고, 알맞아서,
알맞으면, 알맞으니까

appropriate
合適

相似 적당하다 適當

例 **알맞은** 답을 쓰세요.
請寫下**合適的**答案。

빈칸에 **알맞은** 것을 넣으세요.
請在空格內填入**合適的**答案。

□ 얇다[얄따]

얇고, 얇아서,
얇으면, 얇으니까

thin
薄

相反 두껍다 厚

例 옷이 너무 **얇네요**.
衣服太**薄了**！

날씨가 더우니까 **얇은** 옷을 입으세요.
因為天氣很熱，所以請穿**薄的**衣服。

□ 어둡다[어둡따]

어둡고, 어두워서,
어두우면, 어두우니까

dark
暗

相反 밝다 亮

例 교실이 **어두워요**.
教室很**暗**。

저는 **어두운** 색이 좋아요.
我喜歡**暗的**顏色。

□ 어떻다[어떠타]

어떻고, 어때서
----- -----

how, what, how about
怎麼樣、如何

例 한국 날씨가 **어때요**?
韓國天氣**如何**呢？

요즘 **어떻게** 지내요?
最近過得**如何**？

形容詞　第25天

□ **어렵다**
  [어렵따]
  어렵고, 어려워서,
  어려우면, 어려우니까
  difficult
  難

  例 한국어가 재미있지만 **어려워요**.
  雖然韓語很有趣，但卻很難。

  생활에 **어려운** 문제가 많이 있어요.
  生活裡有很多難題。

  相反 쉽다 容易

□ **어리다**
  어리고, 어려서,
  어리면, 어리니까
  very young
  幼小、年輕

  例 나이가 생각보다 **어리네요**.
  年齡比想像中小呢！

  요즘 **어린** 친구들은 못하는 게 없어요.
  最近的年輕人沒有不會的東西。

□ **없다**
  [업따]
  없고, 없어서,
  없으면, 없으니까
  not being, nonexistent
  沒有

  例 교실에 학생이 **없습니다**.
  教室裡沒有學生。

  가방에 휴대 전화가 **없네요**.
  包包裡沒有手機呢！

  相反 있다 有、在

□ **예쁘다**
  예쁘고, 예뻐서,
  예쁘면, 예쁘니까
  pretty, beautiful
  漂亮

  例 아이가 정말 **예뻐요**.
  小孩真的很漂亮。

  예쁜 여자가 인기가 많아요.
  漂亮的女人很受歡迎。

☐ 외롭다
[외롭따]

외롭고, 외로워서,
외로우면, 외로우니까

lonely
孤單、寂寞

> 例 혼자 있을 때 **외로워요**.
> 一個人的時候很**孤單**。
>
> 나는 **외로울 때** 친구를 만나요.
> 我**寂寞時**會和朋友見面。

☐ 위험하다

위험하고, 위험해서,
위험하면, 위험하니까

dangerous
危險

> 例 **위험한** 장소에 가지 마세요.
> 請別去**危險的**場所。
>
> 밤에 혼자 다니는 것은 **위험해요**.
> 晚上一個人走動很**危險**。

相反 안전하다 安全

☐ 유명하다

유명하고, 유명해서,
유명하면, 유명하니까

famous
有名

> 例 한국은 김치가 **유명해요**.
> 韓國泡菜很**有名**。
>
> **유명한** 사람을 만난 적이 있어요?
> 有見過**名**人嗎？

☐ 이상하다

이상하고, 이상해서,
이상하면, 이상하니까

strange
奇怪

> 例 어젯밤에 **이상한** 꿈을 꿨어요.
> 昨晚作了**奇怪的**夢。
>
> 길에서 **이상한** 사람을 봤어요.
> 在路上看到了**奇怪的**人。

形容詞　第25天 Quiz

Ⅰ. 이것의 맛은 어떤지 <보기>에서 골라 쓰세요.

<보기>　쓰다　　시다　　싱겁다

01　　　　　　　　　　　　　　（　　　）

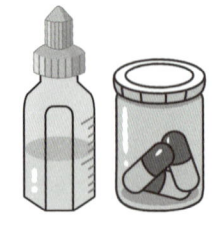

02　　　　　　　　　　　　　　（　　　）

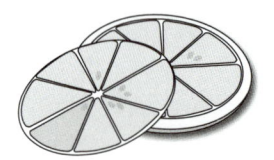

03　　　　　　　　　　　　　　（　　　）

Ⅱ. 다음 단어와 반대의 의미를 가진 것을 연결하세요.

얇다　　·　　　　　　·　밝다

어둡다　·　　　　　　·　두껍다

위험하다·　　　　　　·　조용하다

시원하다·　　　　　　·　안전하다

시끄럽다·　　　　　　·　따뜻하다

Ⅲ. 다음 (   )에 알맞은 단어를 <보기>에서 고르세요.

<보기> 유명하다   심하다   알맞다   아니다   안전하다

01 빈칸에 (   ) 것을 고르세요.

02 감기가 (   ) 오늘 학교에 못 갔어요.

03 저는 학생이 (   ). 회사원이에요.

04 전주는 비빔밥이 (   ) 우리 비빔밥을 먹어 봅시다.

05 여기는 위험하니까 (   ) 곳으로 가세요.

Ⅳ. 다음 밑줄 친 단어가 잘못된 것을 고르세요.

01 ① 오늘은 날씨가 아주 시원해요.
　　　② 그 여자는 정말 아름다웠어요.
　　　③ 이 시장은 과일 가격이 싱거워요.
　　　④ 외국 생활은 많이 외로운 것 같아요.

02 ① 이 약은 너무 써서 못 먹겠어요.
　　　② 경찰이 같이 있으니까 안전해요.
　　　③ 시험이 너무 어두워서 잘 못 봤어요.
　　　④ 수원에서는 갈비라는 음식이 유명해요.

形容詞　第26天

☐ 있다[읻따]
있고, 있어서,
있으면, 있으니까

to be, exist
在、有

相反 없다 不在、沒有

例　무슨 좋은 일이 **있어요**?
有什麼開心的事嗎？

다음 주에 시험이 **있어요**.
下星期有考試。

☐ 작다[작따]
작고, 작아서,
작으면, 작으니까

small
小

相反 크다 大

例　저는 키가 **작아요**.
我個子很小。

제 동생은 **작은** 가방을 샀어요.
我的弟弟買了一個小的包包。

☐ 잘생기다
잘생기고, 잘생겨서,
잘생기면, 잘생기니까

handsome
帥氣

相反 못생기다 醜

例　형은 저보다 더 **잘생겼어요**.
哥哥長得比我還帥。

그 배우는 **잘생기고** 키도 커요.
那個演員長得帥，個子又高。

☐ 재미있다[재미읻따]
재미있고, 재미있어서,
재미있으면, 재미있으니까

exciting, interesting
有意思、有趣

相反 재미없다 無趣

例　그 영화가 정말 **재미있어요**.
那部電影真的很有趣。

선생님, **재미있는** 이야기를 해 주세요.
老師，請講有趣的故事給我聽。

206

□ 적다[적따]

적고, 적어서,
적으면, 적으니까

few
少

相反 많다 多

例 구경하러 온 사람들이 **적어요**.
來參觀的人很**少**。

그 가게는 옷의 종류가 **적어요**.
那間店衣服的種類很**少**。

□ 젊다[점따]

젊고, 젊어서,
젊으면, 젊으니까

young
年輕

相反 늙다 老

例 와! **젊어** 보이시네요.
哇！您看起來好**年輕**呢！

이곳에는 **젊고** 예쁜 사람들이 많군요.
原來這裡**年輕**漂亮的人很多啊！

□ 조용하다

조용하고, 조용해서,
조용하면, 조용하니까

quiet
安靜

相反 시끄럽다 吵

例 **조용한** 곳에서 이야기 좀 할까요?
要不要在**安靜**的地方聊一下呢？

도서관이 **조용해서** 공부하기 좋아요.
因為圖書館很**安靜**，**所以**很適合念書。

□ 좁다[좁따]

좁고, 좁아서,
좁으면, 좁으니까

narrow
窄

相反 넓다 寬敞

例 교실이 너무 **좁아요**.
教室太**窄**了。

방이 **좁아서** 답답해요.
因為房間很**窄**，**所以**很悶。

形容詞　第26天

☐ 좋다 [조타]
좋고, 좋아서,
좋으면, 좋으니까

good
好

例 날씨가 **좋습니다**.
天氣很**好**。

저는 **좋은** 사람을 만나고 싶어요.
我想遇見**好的**人。

相反 나쁘다 不好

☐ 중요하다
중요하고, 중요해서,
중요하면, 중요하니까

important
重要

例 오늘 **중요한** 회의가 있어요.
今天有**重要的**會議。

건강보다 **중요한** 것은 없어요.
沒有什麼比健康還**重要**。

☐ 즐겁다 [즐겁따]
즐겁고, 즐거워서,
즐거우면, 즐거우니까

enjoyable, fun
快樂、開心

例 이번 여행은 정말 **즐거웠어요**.
這次旅行真的很**開心**。

친구와 함께 **즐거운** 시간을 보냈어요.
和朋友一起度過了**愉快的**時光。

☐ 짜다
짜고, 짜서, 짜면, 짜니까

salty
鹹

例 바닷물이 **짜요**.
海水很**鹹**。

소금을 많이 넣어서 **짜요**.
因為放了很多鹽，所以很**鹹**。

☐ 짧다 [짤따]

짧고, 짧아서,
짧으면, 짧으니까

short
短

例 머리가 **짧아요**.
頭髮很短。

오늘 **짧은** 치마를 입었어요.
今天穿了短裙。

相反 길다 長

☐ 차갑다 [차갑따]

차갑고, 차가워서,
차가우면, 차가우니까

cold
冷

例 더우니까 **차가운** 물을 주세요.
因為很熱，所以請給我冷水。

수영장 물이 **차가워서** 들어갈 수 없어요.
因為游泳池的水很冷，所以不敢進去。

相反 뜨겁다 熱、燙

☐ 착하다 [차카다]

착하고, 착해서,
착하면, 착하니까

good and honest, kind-hearted
善良、好、乖巧

例 저의 딸은 **착해요**.
我的女兒很乖巧。

내 친구는 예쁘고 **착해서** 인기가 많아요.
我的朋友既漂亮又乖巧，所以很受人歡迎。

☐ 춥다 [춥따]

춥고, 추워서,
추우면, 추우니까

feel cold
冷

例 이번 겨울은 특히 더 **춥네요**.
這個冬天更加格外寒冷呢！

날씨가 **추우니까** 집에서 쉽시다.
因為天氣很冷，所以在家裡休息吧！

相反 덥다 熱

形容詞　第26天

🎵 52

□ **친절하다**　　친절하고, 친절해서,　　kind
　　　　　　　　친절하면, 친절하니까　　親切

例　그 식당은 아주머니가 **친절해요**.　　相反 불친절하다　不親切
　　那間餐廳的大嬸很親切。

　　한국에는 **친절한** 사람들이 많아요.
　　韓國親切的人很多。

□ **친하다**　　친하고, 친해서,　　close, familiar
　　　　　　　친하면, 친하니까　　親近

例　한국에 **친한** 친구가 많아요?
　　在韓國有很多好朋友嗎？

　　저는 우리 반 친구들과 **친해요**.
　　我和我們班上的同學很要好。

□ **크다**　　크고, 커서, 크면, 크니까　　big
　　　　　　　　　　　　　　　　　　　大

例　자동차가 아주 **크네요**!　　相反 작다　小
　　汽車非常大呢！

　　저는 **큰** 집을 사고 싶어요.
　　我想買大房子。

□ **편하다**　　편하고, 편해서,　　comfortable
　　　　　　　편하면, 편하니까　　舒服、方便

例　여기 **편한** 자리에 앉으세요.　　相反 불편하다
　　請找個方便的位子坐。　　　　　　　　不舒服、不方便

　　회사가 집에서 가까워서 다니기 **편해요**.
　　公司離家很近，所以通勤很方便。

210

☐ **피곤하다**   피곤하고, 피곤해서, 피곤하면, 피곤하니까   get tired
累

例 직장 생활이 좀 **피곤해요**.
職場生活有一點累。

요즘 잠을 잘 못 자서 **피곤해요**.
因為最近沒睡好，所以很累。

☐ **필요하다[피료하다]**   필요하고, 필요해서, 필요하면, 필요하니까   necessary
必要、需要

例 비가 오니까 우산이 **필요해요**.
因為下雨，所以需要雨傘。

손님, 더 **필요한** 것이 있으세요?
客人，您還有需要什麼嗎？

☐ **흐리다**   흐리고, 흐려서, 흐리면, 흐리니까   cloudy
天陰

例 날씨가 **흐려요**.
天氣陰。

저는 맑은 날보다 **흐린** 날이 좋아요.
我比起晴天，更喜歡陰天。

☐ **힘들다**   힘들고, 힘들어서, 힘들면, 힘드니까   painful, tough
吃力、艱難

例 외국에서 혼자 생활하기가 **힘들어요**.
在國外一個人生活很艱難。

다 나을 때까지 **힘든** 일을 하지 마세요.
在完全康復前，請別做吃力的事。

形容詞　第26天　Quiz

Ⅰ. 다음 단어와 반대의 의미를 가진 것을 연결하세요.

작다　•　　　　　　　•　넓다

적다　•　　　　　　　•　많다

춥다　•　　　　　　　•　길다

좁다　•　　　　　　　•　덥다

짧다　•　　　　　　　•　크다

Ⅱ. 다음 (　　) 에 알맞은 단어를 <보기>에서 고르세요.

<보기>　즐겁다　편하다　흐리다　힘들다　필요하다

01
가 : 오늘 날씨가 (　　　).
나 : 네. 비가 올 것 같아요.

02
가 : 산에 갈 때 무엇이 (　　　)?
나 : 등산화와 물을 준비하세요.

03
가 : 생일에 어떻게 지냈어요?
나 : (　　　) 지냈어요. 친구들과 재미있게 놀았어요.

04
가 : 유학 생활이 어때요?
나 : 혼자 살아서 (　　　)지만, (　　　) 것도 있어요.

Ⅲ. 다음 그림을 보고 빈칸에 알맞은 단어를 쓰세요.

01 머리카락이 (   ).

02 얼굴이 (   ).

03 나이가 (   ).

04 키가 (   ).

05 다리가 (   ).

Ⅳ. 친구의 소개글을 읽고 여러분의 친구를 소개해 보세요.

<보기> 내 친구
나와 가장 친한 친구는 얼굴이 잘생겼고 키가 큽니다. 그리고 성격도 좋고 착해요. 친구들에게 문제가 생기면 많이 도와줘요. 저는 친구가 정말 좋아요.

<내 친구>
_____
_____
_____
_____
_____

잠깐! 쉬어가기 休息一下！

▎불규칙 활용2 不規則活用 2

這裡一起來認識關於動詞與形容詞的不規則活用吧！

ㅂ不規則活用：語幹的尾音「ㅂ」若遇到母音（아/어요、았/었、으면……），就會轉變成「우」。但「돕다」的「ㅂ」若遇到母音「아/어」，就會轉變成「오」，而若遇到「으」，就會變成「우」。

單字	品詞	V/A-고	A-ㄴ/은 V-는데	V/A -(으)니까	A-아/어요	AV -ㅂ/습니다
곱다	不規則動詞	곱고	고운데	고우니까	고와요	곱습니다
눕다	不規則動詞	눕고	눕는데	누우니까	누워요	눕습니다
돕다	不規則動詞	돕고	돕는데	도우니까	도와요	돕습니다
줍다	不規則動詞	줍고	줍는데	주우니까	주워요	줍습니다
가볍다	不規則 形容詞	가볍고	가벼운데	가벼우니까	가벼워요	가볍습니다
고맙다	不規則 形容詞	고맙고	고마운데	고마우니까	고마워요	고맙습니다
덥다	不規則 形容詞	덥고	더운데	더우니까	더워요	덥습니다
맵다	不規則 形容詞	맵고	매운데	매우니까	매워요	맵습니다
무겁다	不規則 形容詞	무겁고	무거운데	무거우니까	무거워요	무겁습니다
반갑다	不規則 形容詞	반갑고	반가운데	반가우니까	반가워요	반갑습니다
쉽다	不規則 形容詞	쉽고	쉬운데	쉬우니까	쉬워요	쉽습니다
아름답다	不規則 形容詞	아름답고	아름다운데	아름다우니까	아름다워요	아름답습니다
어렵다	不規則 形容詞	어렵고	어려운데	어려우니까	어려워요	어렵습니다
좁다	不規則 形容詞	좁고	좁는데	주우니까	주워요	좁습니다

춥다	不規則形容詞	춥고	추운데	추우니까	추워요	춥습니다
뽑다	規則動詞	뽑고	뽑는데	뽑으니까	뽑아요	뽑습니다
씹다	規則動詞	씹고	씹는데	씹으니까	씹어요	씹습니다
입다	規則動詞	입고	입는데	입으니까	입어요	입습니다
잡다	規則動詞	잡고	잡는데	잡으니까	잡아요	잡습니다
접다	規則動詞	접고	접는데	접으니까	접어요	접습니다
좁다	規則形容詞	좁고	좁은데	좁으니까	좁아요	좁습니다

▌예문을 통해 알아봅시다. 透過例句一起來了解一下吧！

ㅂ不規則

- 아파서 침대에 **누워** 계시는 어머니를 **도와서** 집안일을 했습니다.
  因為**幫忙**不舒服而**臥**病在床的母親，所以做了家事。
- **추운** 나라에서 살다가 한국에서 여름을 지내니까 **더워요**.
  住在**寒冷的**國家，再去韓國度過夏天，就會覺得**熱**。
- 한국어로 노래하는 건 **쉬운데** 말을 하려면 **어려워요**.
  用韓文唱歌很**簡單**，若要開口說就很**難**。

잠깐! 쉬어가기 休息一下！

ㅎ不規則（脫落）活用：① 語幹的尾音「ㅎ」若遇到母音（아/어요、았/었、으면……）「ㅎ」就會消失不見。
② 語幹的尾音「ㅎ」若遇到母音「아/어」,「어/아/여/야」就會轉變成「애/얘」。

單字	品詞	V/A -지만	A-ㄴ/은 V-는데	V/A -(으)니까	V/A -아/어요	V/A -아/어서
그렇다	不規則形容詞	그렇지만	그런데	그러니까	그래요	그래서
까맣다	不規則形容詞	까맣지만	까만데	까마니까	까매요	까매서
노랗다	不規則形容詞	노랗지만	노란데	노라니까	노래요	노래서
빨갛다	不規則形容詞	빨갛지만	빨간데	빨가니까	빨개요	빨개서
어떻다	不規則形容詞	어떻지만	어떤데	어떠니까	어때요	어때서
이렇다	不規則形容詞	이렇지만	이런데	이러니까	이래요	이래서
저렇다	不規則形容詞	저렇지만	저런데	저러니까	저래요	저래서
파랗다	不規則形容詞	파랗지만	파란데	파라니까	파래요	파래서
하얗다	不規則形容詞	하얗지만	하얀데	하야니까	하얘요	하얘서
낳다	規則動詞	낳지만	낳은데	낳으니까	낳아요	낳아서
넣다	規則動詞	넣지만	넣은데	넣으니까	넣어요	넣어서
놓다	規則動詞	놓지만	놓은데	놓으니까	놓아요	놓아서
괜찮다	規則形容詞	괜찮지만	괜찮은데	괜찮으니까	괜찮아요	괜찮아서
많다	規則形容詞	많지만	많은데	많으니까	많아요	많아서
싫다	規則形容詞	싫지만	싫은데	싫으니까	싫어요	싫어서
좋다	規則形容詞	좋지만	좋은데	좋으니까	좋아요	좋아서

▎예문을 통해 알아봅시다. 透過例句一起來了解一下吧！

ㅎ不規則
- 저 사람은 얼굴은 **하얀데** 입술이 **빨개서** 예쁘네요.
  那個人臉是**白的但因為**嘴唇是**紅的所以**很漂亮呢。
- 비가 오는 날에는 **까만** 우산보다 **노란** 우산을 쓰는 게 안전해요.
  在雨天比起**黑色的**雨傘，撐**黃色的**雨傘比較安全。
- **어떤** 선물이 좋을지 모르겠어요. 그러니까 같이 골라주세요.
  不知道**什麼樣的**禮物比較好，所以請幫我一起選。

으不規則（脫落）活用：語幹的尾音「으」若遇到母音「아/어」，「으」就會消失不見。

單字	品詞	V/A-고	A-ㄴ/은 V-는데	V/A -(으)니까	V/A -아/어요	A/V -았/었어요
쓰다	不規則動詞	쓰고	쓰는데	쓰니까	**써**요	**썼**어요
고프다	不規則形容詞	고프고	고픈데	고프니까	**고파**요	**고팠**어요
바쁘다	不規則形容詞	바쁘고	바쁜데	바쁘니까	**바빠**요	**바빴**어요
슬프다	不規則形容詞	슬프고	슬픈데	슬프니까	**슬퍼**요	**슬펐**어요
아프다	不規則形容詞	아프고	아픈데	아프니까	**아파**요	**아팠**어요
예쁘다	不規則形容詞	예쁘고	예쁜데	예쁘니까	**예뻐**요	**예뻤**어요
크다	不規則形容詞	크고	큰데	크니까	**커**요	**컸**어요

▎예문을 통해 알아봅시다. 透過例句一起來了解一下吧！

으不規則

- 저는 매일 한국어로 일기를 **써요**.
  我每天用韓文**寫**日記。

- 버려진 동물들의 이야기를 들으면 마음이 **아파요**.
  聽到動物被拋棄的事，就會心**痛**。

- 이 옷은 예쁘니까 조금 **커도** 입고 다녀요.
  這件衣服很漂亮，所以**就算**有一點**大**，我也會穿出去。

副詞 第27天

□ 가끔

例 저는 **가끔** 노래방에 가요.
我**偶爾**會去KTV。

저는 **가끔** 친구가 보고 싶어요.
我**有時**會想念朋友。

sometimes
間或、有時、偶爾

相似 이따금 有時
相反 항상 總是
　　 자주 常常

□ 가득

例 컵에 물이 **가득** 찼어요.
杯子裡水很**滿**。

가방에 책들이 **가득** 들어 있어요.
包包裡裝**滿**了書。

fully, a lot, much
滿

□ 가장

例 우리반에서 제 키가 **가장** 커요.
在我們班上我的個子**最**高。

제가 **가장** 좋아하는 사람은 어머니예요.
我**最**喜歡的人是媽媽。

most
最

相似 제일 第一、最

□ 간단히

例 저녁은 **간단히** 먹읍시다.
晚餐就**簡單地**吃吧！

무슨 뜻인지 **간단히** 설명해 줄게요.
我**簡單**為你說明是什麼意思。

simply, easily, cheaply
輕易地、簡單地

□ 갑자기 [갑짜기]

suddenly
突然

例 **갑자기** 급한 일이 생겼어요.
我**突然**有急事。

갑자기 비가 오기 시작했어요.
突然開始下雨了。

□ 같이 [가치]

together
一起

例 친구와 **같이** 공부를 했습니다.
和朋友**一起**念書了。

이번 휴가 때 **같이** 여행을 갑시다.
這次休假時**一起**去旅行吧！

相似 함께 一起
相反 따로 另外

□ 거의 [거이]

almost
差不多、幾乎

例 이제 **거의** 다 왔어요.
現在**幾乎**都到了。

제 친구들은 **거의** 다 외국사람이에요.
我的朋友**幾乎**都是外國人。

相似 대부분 大部分
　　 다 全、都

□ 계속

continuously
連續

例 아침부터 **계속** 비가 와요.
從早上開始**一直**下雨。

이쪽으로 **계속** 가면 사거리가 나와요.
往這邊**一直**走下去，就會出現十字路口。

相反 그만 到此為止

副詞　第27天

□ 곧
soon
馬上

例　지하철이 **곧** 올 거예요.
地下鐵**馬上**就會來了。

수업 끝나고 **곧** 가겠습니다.
下課後會**馬上**過去。

相似　바로　馬上

□ 그냥
somehow, for some reason
一直、就那樣，就（是）

例　아무 생각 없이 **그냥** 있어요.
沒有任何想法，**就**待著。

오늘은 **그냥** 기분이 안 좋아요.
今天**就是**心情不好。

□ 그래서
accordingly
於是、所以

例　감기에 걸렸어요. **그래서** 병원에 갔어요.
感冒了。**所以**去了醫院。

부모님이 보고 싶어요. **그래서** 전화했어요.
想念父母。**所以**打了電話。

相似　그러니까　因此

□ 그러나
however
可是

例　그는 키가 작아요. **그러나** 농구는 잘 해요.
他個子矮小。**可是**很會打籃球。

그녀는 많이 먹어요. **그러나** 살이 안 쪄요.
她很會吃。**可是**都不會胖。

相似　그렇지만　但是
　　　하지만　可是

220

☐ 그러니까

so, therefore
因此、所以

相似 그래서 所以

例 힘들어요. **그러니까** 좀 쉽시다.
好累喔！**所以**（我們）休息一下吧！

맛있어요. **그러니까** 한번 먹어 보세요.
很好吃喔！**所以**請試吃一次看看。

☐ 그러면

if you do
那麼

相似 그럼 那麼

例 네가 청소해. **그러면** 나는 빨래를 할게.
你打掃。**那麼**我就洗衣服。

이쪽으로 가세요. **그러면** 학교가 나올 거예요.
請往這裡走。**那麼**就會看到學校。

☐ 그런데

however, nevertheless
不過、可是

相似 그렇지만
但是、可是

例 열심히 공부했어요. **그런데** 시험을 못 봤어요.
認真念了書。**可是**考試卻沒有考好。

어제 명동에 갔어요. **그런데** 거기에서 선생님을 만났어요.
昨天去了明洞。**不過**在那裡遇見了老師。

☐ 그렇지만[그러치만]

even so
儘管如此、但是、可是

相似 그런데 但是
하지만 可是

例 나가기 싫어요. **그렇지만** 나가야 해요.
不想出去。**儘管如此**還是得要出去。

한국어가 어려워요. **그렇지만** 재미있어요.
韓語很難。**但是卻**很有趣。

副詞　第27天

☐ 그리고
and
然後、而且

例　여기 김밥 주세요. **그리고** 떡볶이도 주세요.
這裡請給我一份紫菜飯捲。**然後**再來一份炒年糕。

요즘 영어를 배워요. **그리고** 일본어도 배워요.
最近在學英語。**而且**也學日語。

☐ 그만
no more
到此為止、就此結束

例　비가 **그만** 오면 좋겠어요.
希望雨**不要再**下了。

이제 **그만** 하고 좀 쉬세요.
現在請您**不要再**做了，休息一下。

相反　계속　繼續、一直

☐ 금방
shortly, just now
馬上、剛才

例　① **금방** 갈게요. 조금만 기다려요.
我**馬上**過去。請稍等一下。

② **금방** 밥을 먹었는데, 또 먹어요?
剛才才吃過飯，又要吃嗎？

相似　곧　馬上、立刻

☐ 깜짝
surprised, get shocked
吃驚

例　친구가 갑자기 나를 불러서 **깜짝** 놀랐어요.
朋友突然叫我，所以嚇了**一跳**。

동생이 노래를 아주 잘해서 **깜짝** 놀랐어요.
很**驚訝**弟弟（妹妹）很會唱歌。

222

☐ 꼭

surely
一定

例 내일 꼭 오세요.
請您明天**一定**要來。

약속은 꼭 지켜야 합니다.
一定要遵守約定。

相似 반드시 一定、務必

☐ 나중에

later
後來、稍後

例 우리 나중에 만나요.
我們**改天**見。

숙제를 먼저 끝내고 밥은 나중에 먹을게요.
我先將作業做完，飯**之後**再吃。

相似 다음에 下次
相反 먼저 先
　　 우선 首先

☐ 날마다

every day
每天、天天

例 날마다 단어를 열 개씩 외워요.
每天背十個單字。

날마다 운동을 하면 건강에 좋아요.
每天運動，有益健康。

相似 매일 每天

☐ 너무

too
太、過於

例 저녁을 너무 많이 먹었어요.
晚餐吃**太**多了。

시험이 너무 어려워서 잘 못 봤어요.
考試**太**難了，所以沒考好。

相似 매우 很、十分
　　 아주 很、非常

副詞　第27天 Quiz

Ⅰ. 다음 단어와 반대 의미를 가진 것을 연결하세요.

가끔　　•　　　　　　•　먼저

계속　　•　　　　　　•　따로

같이　　•　　　　　　•　자주

나중에　•　　　　　　•　그만

Ⅱ. 다음 밑줄 친 부분과 의미가 같은 것을 고르세요.

01
가 : 매일 아침 운동을 해요?
나 : 네, (　) 아침 운동을 해요.

① 가끔　　　　② 자주
③ 아직　　　　④ 날마다

02
가 : 요즘 가장 싸고 맛있는 과일이 뭐예요?
나 : (　) 싸고 맛있는 것은 딸기예요.

① 별로　　　　② 제일
③ 언제나　　　④ 훨씬

03
가 : 네가 시장에 가서 김밥 재료를 좀 사와. 그러면 내가 만들어 줄게.
나 : 알았어. (　) 내가 사올 테니까 맛있게 만들어 줘.

① 아마　　　　② 그럼
③ 혹시　　　　④ 그만

04
가 : 어디예요? 저 금방 왔는데요.
나 : 그래요? 저도 (　) 도착했어요.

① 방금　　　　② 항상
③ 자주　　　　④ 나중에

Ⅲ. 다음 대화의 빈칸에 알맞은 단어를 고르세요.

01
가 : 과일은 안 사왔어요?
나 : (　　) 비싸서 못 사왔어요.

① 전혀　　　　　　② 별로
③ 이제　　　　　　④ 너무

02
가 : 영호 씨!
나 : 아이고, 갑자기 불러서 (　　) 놀랐어요.

① 이제　　　　　　② 깜짝
③ 처음　　　　　　④ 훨씬

03
가 : 도서관에 혼자 가요?
나 : 아니요, 친구하고 (　　) 가요.

① 같이　　　　　　② 따로
③ 이따가　　　　　④ 잠깐

Ⅳ. 다음 글의 빈칸에 알맞은 단어를 고르세요.

제 취미는 수영입니다. 어렸을 때부터 아버지와 같이 수영장에 다녔어요. 자유형, 평영, 배영 모두 다 잘합니다. (　　) 바다에서는 수영을 못합니다. 앞으로는 연습을 해서 바다에서도 수영하고 싶습니다.

① 그러면　　　　　② 그래서
③ 그렇지만　　　　④ 그러니까

副詞　第28天

□ 늘
always
總是

例 아침에는 **늘** 신문을 읽어요.
每天早上**總**會看報紙。

등산을 가면 **늘** 기분이 좋아요.
去登山心情**總**會很好。

相似 언제나
　　　無論何時、總是
　　　항상　總是

□ 다
all
都

例 학생들이 **다** 왔어요?
學生**都**來了嗎?

도서관에서 빌린 책을 **다** 읽었어요.
在圖書館借的書**都**看完了。

相似 모두 全都
　　　전부 全部

□ 다시
again
重新、又、再

例 다음에 **다시** 올게요.
我下次**再**來。

다시 한 번 해 보세요.
請**再**試一次。

相似 또 又

□ 더
more, further
更、再、還

例 ① 커피 좀 **더** 주세요.
　　 請**再**給我一點咖啡。

② 내가 형보다 키가 **더** 커요.
　 我個子比哥哥**再**高一點。

相反 덜 少

226

☐ 드디어

at last
終於

例 **드디어** 시험이 끝났어요.
考試**終於**考完了。

드디어 부모님을 만나게 되었어요.
終於見到父母了。

相似 마침내 終於

☐ 따로

separately
另外、分開

例 저는 **따로** 계산할게요.
我要**另外**結帳。

부모님과 저는 **따로** 살아요.
父母親與我**分開**住。

相反 같이 一起
　　 함께 一起

☐ 또

also, another, additionally
再、又、還

例 아까 밥을 먹었는데 **또** 먹어요?
剛剛吃完飯，**又**要吃嗎？

이거 말고 **또** 다른 이유가 있어요?
不是這個，**還**有其它理由嗎？

相似 그리고 而且
　　 다시 再

☐ 또는

or
或

例 저는 비빔밥 **또는** 김밥이 좋아요.
我喜歡拌飯**或**海苔壽司。

우리 토요일 **또는** 일요일에 만나요.
我們星期六**或**星期日見。

副詞　第28天

☐ 똑바로 [똑빠로]
straight, honestly
筆直、端正、如實

例
① 수업 시간에는 **똑바로** 앉아야 해요.
　上課時間要**端正**坐好。
② 거짓말 하지 말고 **똑바로** 대답하세요.
　請不要説謊，**如實**回答。

☐ 많이 [마니]
a lot
很多

例
주말에 여행을 **많이** 다녀요.
週末**很常**去旅行。

저는 한국 친구가 **많이** 있어요.
我有**很多**韓國朋友。

相反　조금　一點點

☐ 매우
very
很、十分

例
제주도는 **매우** 아름다웠어요.
濟州島**十分**美麗。

저는 한국어를 **매우** 잘합니다.
我韓語**很**好。

相似　아주　很、非常
　　　너무　太

☐ 먼저
firstly
先

例
기다리지 말고 **먼저** 가세요.
請您別等，**先**走吧！

밥 먹기 전에 **먼저** 손을 씻어요.
吃飯前**先**洗手。

相似　우선　首先
相反　나중에　以後

228

□ 모두

all, everyone
都、全都

例 숙제를 **모두** 했어요?
作業**都**做完了嗎？

우리 가족은 **모두** 키가 커요.
我們家人**全都**個子高。

相似 다 全、都
　　 전부 全部

□ 모레

the day after tomorrow
後天

例 **모레** 시험을 봐요.
後天考試。

저는 **모레** 이사하기로 했어요.
我決定了**後天**要搬家。

*오늘-내일-모레
　今天–明天–後天

□ 못[몯]

not being able to
不、不能

例 저는 술을 **못** 마셔요.
我**不能**喝酒。

요즘 계속 잠을 **못** 자요.
最近一直睡**不好**。

相反 잘 很好

□ 무척

very
非常、相當

例 엄마가 **무척** 보고 싶어요.
非常想念媽媽。

그 영화가 **무척** 슬펐어요.
那部電影**非常**悲傷。

相似 아주 很、非常
　　 매우 很、十分

副詞　第28天

☐ 물론
absolutely, surely
當然、不用說

例　저도 **물론** 영화를 좋아해요.
我**當然**也喜歡電影。

이 음식은 남자는 **물론** 여자도 좋아해요.
這個食物男生**不用說**喜歡，女生也喜歡。

相似　당연히　當然

☐ 미리
beforehand
預先

例　**미리** 준비하세요.
請您**預先**準備。

시험 보기 전에 **미리** 공부하세요.
考試前，請**先**念書。

相似　먼저　先
相反　나중에　以後

☐ 바로
directly
馬上、現在就、就是

例　도착하면 **바로** 전화해 주세요.
如果抵達的話，請**馬上**打電話給我。

집 **바로** 옆에 편의점이 있어서 편해요.
家的旁邊**就**有便利商店，所以很方便。

☐ 벌써
already
已經

例　저는 **벌써** 졸업했어요.
我**已經**畢業了。

오랜만에 만났는데 왜 **벌써** 가세요?
好久不見，您為什麼**已經**要走了呢?

☐ 별로

be not particularly
不怎麼

例 선물이 **별로** 마음에 들지 않아요.
禮物**不怎麼**喜歡。

오늘은 기분이 **별로** 좋지 않아요.
今天心情**不怎麼**開心。

*별로＋（否定句）
不怎麼＋（否定句）

☐ 보통

usually
通常

例 **보통** 몇 시에 퇴근하세요?
您**通常**都幾點下班呢？

저는 **보통** 주말에 등산을 합니다.
我**通常**在週末登山。

☐ 빨리

quickly
快、快速地

例 그 사람은 말을 너무 **빨리** 해요.
那個人話講得非常**快**。

손님들이 많이 기다리니까 **빨리** 먹고 나갑시다.
很多客人在等，所以**快點**吃完出去吧！

相似 어서 快
　　 얼른 趕快
相反 천천히 慢慢地

☐ 새로

newly
新、重新

例 어제 휴대 전화를 **새로** 샀어요.
昨天**新**買了手機。

이게 올해 **새로** 나온 디자인이에요.
這個是今年**新**出的設計。

副詞 第28天 Quiz

Ⅰ. 다음 단어와 반대 의미를 가진 것을 연결하세요.

못 •   • 조금

많이 •   • 잘

더 •   • 천천히

빨리 •   • 덜

미리 •   • 나중에

Ⅱ. 다음 밑줄 친 부분과 의미가 같은 것을 고르세요.

01
가 : 그 남자와 내일 다시 만나기로 했어요?
나 : 네, (   ) 만나기로 했어요.

① 아직   ② 또
③ 아마   ④ 거의

02
가 : 내가 말을 하면 친구들이 항상 웃는 이유가 뭘까?
나 : 기분 나빠? 네가 (   ) 재미있게 말을 하니까 웃는 거야.

① 별로   ② 늘
③ 거의   ④ 전혀

03
가 : 저쪽으로 똑바로 가면 돼요?
나 : 네, (   ) 가세요.

① 곧장   ② 옆으로
③ 오른쪽으로   ④ 왼쪽으로

04
가 : 수영을 하기 전에 먼저 준비 운동을 해야 합니다.
나 : 그럼 (   ) 준비 운동부터 합시다.

① 모두   ② 금방
③ 아까   ④ 우선

Ⅲ. 다음 대화의 빈칸에 알맞은 단어를 고르세요.

01
가 : 진희 씨, 저 기다리고 있는데 왜 안 와요?
나 : 미안해요. 지금 (   ) 갈게요.

① 자주　　　　　　② 가끔
③ 바로　　　　　　④ 나중에

02
가 : 어머니 생신 선물을 사야 하는데 이 가방 어때요?
나 : 비싸기만 하고 (   ) 안 예쁜데, 이건 어때요?

① 별로　　　　　　② 벌써
③ 깜짝　　　　　　④ 미리

03
가 : 안녕하십니까? 이번에 (   ) 들어온 신입사원입니다.
나 : 반갑습니다.

① 새로　　　　　　② 나중에
③ 아까　　　　　　④ 이따가

04
가 : 영호 씨 회사는 회식을 자주 해요?
나 : 네, 과장님께서 회식을 좋아하셔서 (   ) 일주일에 한 번은 해요.

① 보통　　　　　　② 별로
③ 오래　　　　　　④ 처음

Ⅳ. 다음 글의 빈칸에 알맞은 것을 고르세요.

며칠 전까지만 해도 눈도 오고 날씨가 아주 추웠는데, 오늘 밖에 나가 보니 바람이 따뜻했습니다. 그리고 햇볕이 좋은 곳에서는 꽃도 피기 시작했습니다. 이제 추운 겨울이 가고 (   ) 봄이 온 것 같습니다.

① 자주　　　　　　② 벌써
③ 제일　　　　　　④ 어서

副詞　第29天

□ 서로
each other
相互

例　서로 도와줍시다.
　　（我們）互相幫忙吧！
　　우리는 서로 사랑하는 사이예요.
　　我們是彼此相愛的關係。

□ 아까
some time ago, just now
剛才

例　친구가 아까 갔어요.
　　朋友剛才離開了。
　　우리는 아까 점심을 먹었어요.
　　我們剛才吃了午餐。

相似　방금　剛剛
*아까＋過去式
　剛才＋（過去式）

□ 아마
probably
也許

例　아마 시간이 오래 걸릴 거예요.
　　也許會耗時很久。
　　그 사람은 아마 오지 않을 거예요.
　　那個人也許不會來。

相似　아마도　恐怕、可能

□ 아주
very
很

例　날씨가 아주 좋습니다.
　　天氣很好。
　　시험이 아주 쉬웠어요.
　　考試很簡單。

相似　매우　很、十分

☐ 아직

still
還

例 저는 **아직** 한국어를 잘 못해요.
我韓語還不太好。

반 친구들 이름을 **아직** 다 몰라요.
班上同學的名字都還不知道。

相似 아직도 還

☐ 안

do not~
不、沒

例 저는 아직 결혼 **안** 했어요.
我還沒結婚。

어제 아파서 학교에 **안** 왔어요.
昨天不舒服，沒來學校。

☐ 안녕히

restfully, safely
好、平安地

例 **안녕히** 가세요.
再見。(請小心慢走。)

안녕히 계세요.
再見。(請保重。)

☐ 약간[약깐]

some, a little
多少、若干

例 국이 **약간** 짜요.
湯有一點鹹。

형보다 키가 **약간** 작아요.
個子比哥哥稍微矮一點。

相似 조금 一點點

副詞　第29天

☐ 어서
come now
快（請）

例 어서 오세요.
歡迎光臨！（**快**請進。）

시간이 없으니까 어서 갑시다.
因為沒有時間了，所以**快**走吧！

相似 얼른　趕快
　　　 빨리　快

☐ 어제
yesterday
昨天

例 한국에 어제 도착했어요.
昨天抵達韓國了。

친구가 어제 우리집에 왔어요.
朋友**昨天**來了我們家。

*어제-오늘-내일
昨天-今天-明天

☐ 언제
when
什麼時候

例 여행은 언제 갈 거예요?
旅行**什麼時候**要去呢？

부모님이 언제 오셨어요?
父母親**什麼時候**來了呢？

☐ 언제나
always
總是

例 나는 언제나 즐거워요.
我**總是**很快樂。

나는 언제나 부모님을 생각한다.
我**總是**會想起父母親。

相似 항상　總是
　　　 늘　常、總

236

☐ 얼마나

how(long, many, far...)
多少

例 시간이 **얼마나** 걸려요?
要花**多少**時間呢？

여기서 **얼마나** 더 가야 해요?
從這裡還要再走**多久**呢？

☐ 없이[업씨]

without
沒有

例 나는 부모님 **없이** 살 수 없어요.
我**沒有**父母親就會活不下去。

그 영화는 눈물 **없이** 볼 수 없다.
看那部電影必哭無疑。（那部電影**沒有**眼淚就看不下去。）

☐ 열심히[열씸히]

diligently, very hard
努力地、認真地

例 저는 공부를 **열심히** 해요.
我很**認真**讀書。

우리 모두 운동을 **열심히** 합시다.
我們大家**認真**運動吧！

☐ 오늘

today
今天

例 **오늘** 학교에 가려고 해요.
今天打算去學校。

부모님이 아마 **오늘** 오실 거예요.
父母親可能**今天**會來。

*어제-오늘-내일
昨天-今天-明天

副詞　第29天

□ 오래
for a long time
好久

例　친구를 **오래** 못 만났어요.
好久沒見到朋友了。

여자 친구와 **오래** 사귀었어요.
和女朋友交往了**很久**。

□ 왜
why
為什麼

例　어제 **왜** 안 왔어요?
昨天**為什麼**沒來呢？

그 배우를 **왜** 좋아해요?
為什麼喜歡那個演員呢？

□ 왜냐하면
because
因為

例　나는 한국 음식을 좋아해요. **왜냐하면** 맛있으니까요.
我喜歡韓國料理。**因為**很好吃。

요즘 다이어트를 해요. **왜냐하면** 다음 달에 결혼하거든요.
最近在減肥。**因為**我下個月要結婚。

□ 우선
first
先

例　**우선** 손부터 씻으세요.
請**先**從手開始洗。

저는 일어나면 **우선** 물부터 마셔요.
我起床的話，會**先**喝開水。

相似　먼저　先

☐ 우연히

by chance
偶然

例 길에서 **우연히** 첫사랑을 만났어요.
在路上**偶然**遇見了初戀。

그 사람과 **우연히** 같은 학교에 들어갔어요.
和那個人**偶然**進了同一所學校。

☐ 이따가

a little later
一會兒、等一下

例 **이따가** 전화하세요.
請**等一下**再打電話來。

이따가 학교에서 만나요.
一會兒在學校見。

相似 나중에 以後

☐ 이제

now
現在、馬上就

例 **이제** 스무살이 됐어요.
現在已經二十歲了。

이제 집에 가야겠어요.
現在應該要回家了。

☐ 일찍

early
早

例 다음부터 **일찍** 오세요.
下次開始請**早一點**來。

오늘 몸이 안 좋은데 **일찍** 가도 돼요?
今天身體不舒服,可以**提早**走嗎?

相反 늦게 晚

副詞　第29天 Quiz

Ⅰ. 다음 단어와 비슷한 의미를 가진 것을 연결하세요.

방금　•　　　　　　•　약간

조금　•　　　　　　•　아까

항상　•　　　　　　•　이따가

나중에　•　　　　　•　언제나

Ⅱ. 다음 (　) 에 알맞은 단어를 <보기>에서 고르세요.

<보기>　왜　　언제　　얼마나　　왜냐하면

01
가 : 생일이 (　　　)예요?
나 : 제 생일은 10월 24일이에요.

02
가 : 공항에서 학교까지 (　　　) 걸려요?
나 : 1시간쯤 걸려요.

03
가 : 그 사람이 왜 좋아?
나 : (　　　) 그 사람이랑 있으면 행복해.

04
가 : 어제 (　　　) 안 왔어요? 모두 기다렸어요.
나 : 미안해요. 어제 갑자기 일이 생겨서 갈 수 없었어요.

Ⅲ. 다음 그림을 보고 <보기>에서 골라 대화를 쓰세요.

<보기>   열심히   아직   일찍   많이

01 
가 : 밥 먹었어요?
나 : 네. ____ 먹었어요.

02 
가 : 밥 먹었어요?
나 : 아니요. ____ 안 먹었어요.

03 
가 : 공부를 ____ 하고 있군요.
나 : 내일 시험이 있어서요.

04 
가 : 9시 수업 시작인데 벌써 학교에 왔어요?
나 : 네. 예습을 하려고 ____ 왔어요.

Ⅳ. 한국의 인사말을 알아봅시다.

01 
학생 : 안녕히 계세요.
선생님 : 안녕히 가세요.

02 
손자 : 할아버지, 안녕히 주무세요.
할아버지 : 그래, 잘 자라.

03 
점원 : 어서 오세요.

副詞　第30天

☐ 자주
often
時常

例 저는 **자주** 등산을 해요.
我**時常**登山。

운동을 좋아하지만 바빠서 **자주** 못 해요.
雖然喜歡運動,但因為很忙,所以無法**時常**做。

☐ 잘
well
很好

例 주말 **잘** 보내세요.
祝您有一個愉快的週末。(祝您週末過得**很好**。)

한국어를 아주 **잘** 해요.
韓文**很好**。

☐ 잘못
by mistake
錯誤地

例 전화 **잘못** 거셨어요.
打**錯**電話了。

비밀번호를 **잘못** 눌렀어요.
按**錯**密碼了。

☐ 잠깐
for a moment
稍微、一會兒

例 **잠깐** 기다리세요.
請**稍**等。

화장실에 **잠깐** 다녀올게요.
我去**一下**洗手間。

相似 잠시 暫時

□ 전혀

not at all
全然

例 전 그림을 **전혀** 못 그려요.
我**完全**不會畫畫。

무슨 말이에요? **전혀** 모르겠어요.
是什麼意思？我**完全**不懂。

*전혀＋（否定句）
完全＋（否定句）

□ 절대로

never, unconditionally
絕（對）、斷然

例 그냥 가면 **절대로** 안 돼요.
絕不能直接走掉喔！

다른 사람 음식을 **절대로** 먹으면 안 돼요.
絕不能吃其他人的食物喔！

*절대로＋（否定句）
絕＋（否定句）

□ 정말

really
真是

例 옷이 **정말** 비싸네요.
衣服**真是**貴呢！

사람들이 **정말** 많군요.
人**真**多啊！

相似 진짜 真的

□ 제일

best
最

例 나는 딸기를 **제일** 좋아해요.
我**最**喜歡草莓。

제일 재미있는 영화가 뭐예요?
最有趣的電影是什麼呢？

相似 가장 最

副詞 第30天

☐ 조금
a little bit
一點

例 요즘 조금 바빠요.
最近有一點忙。

밥을 조금 먹었어요.
我吃了一點飯。

相似 좀 稍微、一點點
相反 많이 多

☐ 조용히
quietly
安靜地

例 영화관에서는 조용히 해 주세요.
在電影院請安靜。

학생들이 조용히 공부하고 있어요.
學生安靜地在念書。

☐ 좀
somewhat
一點兒(「조금」的省略型)

例 물 좀 주세요.
請給我一點水。

문 좀 닫아 주세요.
請幫我關一下門。

☐ 주로
mainly
主要

例 주말에는 주로 산책을 해요.
週末主要去散步。

저는 주로 조용한 음악을 들어요.
我主要聽比較安靜的音樂。

相似 보통 普通

☐ 지금

right now
現在

例 **지금** 사무실로 올 수 있어요?
　現在能來辦公室嗎？

　저는 **지금** 밥을 먹고 있어요.
　我**現在**正在吃飯。

☐ 직접 [직쩝]

directly, personally
直接、親手

例 이 요리는 제가 **직접** 만들었어요.
　這道料理是我**親手**做的。

　제가 사진을 **직접** 볼 수 있을까요?
　我可以**直接**看照片嗎？

☐ 참

truly
真（是）

例 누나가 **참** 예쁘군요.
　姊姊**真是**漂亮啊！

相似 정말 真的

　이 음식이 **참** 맛있군요.
　這道料理**真**好吃啊！

☐ 천천히

slowly
慢慢

例 **천천히** 말해 주세요.
　請**慢慢**說。

相反 빨리 快

　천천히 걸으면서 시내를 구경했어요.
　一面**慢**走，一面參觀了市區。

副詞　第30天

□ **특별히**[특뼐히]

particularly
特別

例 당신을 위해 **특별히** 준비했어요.
為了你**特別**準備了。

여행갈 때 **특별히** 가져갈 것이 있습니까?
去旅行時有**特別**要帶去的東西嗎?

□ **특히**[트키]

especially
特別

例 저는 **특히** 요리하기가 힘들어요.
我覺得做菜**特別**難。

한국음식을 좋아하는데 **특히** 불고기를 좋아해요.
我很喜歡韓國料理，**特別**喜歡烤肉。

□ **푹**

sound asleep
好好、熟睡

例 어제 **푹** 잤어요.
昨天**好好**睡了一覺。

푹 쉬어서 감기가 많이 좋아졌어요.
因為**好好**休息了，所以感冒好了很多。

□ **하지만**

but
但是

例 나는 여행을 가고 싶어요. **하지만** 시간이 없어요.
我想去旅行。**但是**沒有時間。

나는 밥을 아직 안 먹었어요. **하지만** 배가 고프지 않아요.
我還沒吃飯。**但是**肚子不餓。

相似　그러나　可是
　　　그렇지만　但是

☐ 함께

together
一起

例 저녁 식사를 **함께** 할까요?
要**一起**吃晚餐嗎？

어제 친구와 **함께** 쇼핑했어요.
昨天和朋友**一起**去購物了。

相似 같이　일체
相反 따로　另外

☐ 항상

always
總是

例 그녀는 **항상** 즐거워해요.
她**總是**很快樂。

저는 **항상** 아침을 먹어요.
我**總是**會吃早餐。

相似 언제나
　　 無論何時、總是
　　 늘　常、總

☐ 혹시[혹씨]

by any chance
或許

例 **혹시** 한국 사람이에요?
您**是不是**韓國人呢？

혹시 더 필요한 게 있어요?
有沒有還需要什麼呢？（**或許**還有需要的東西嗎？）

☐ 훨씬

by for, much(better)
～得多

例 형은 저보다 키가 **훨씬** 커요.
哥哥個子比我高**得多**。

남쪽보다 북쪽이 **훨씬** 추워요.
北邊比南邊冷**得多**。

相似 더욱　更、更加

副詞　第30天 Quiz

Ⅰ. 다음 단어와 비슷한 의미를 가진 것을 연결하세요.

참　　•　　　　　　　•　잠깐

잠시　•　　　　　　　•　정말

같이　•　　　　　　　•　항상

언제나　•　　　　　　•　함께

Ⅱ. 다이어리를 보고 (　) 에 알맞은 단어를 <보기>에서 골라 쓰세요.

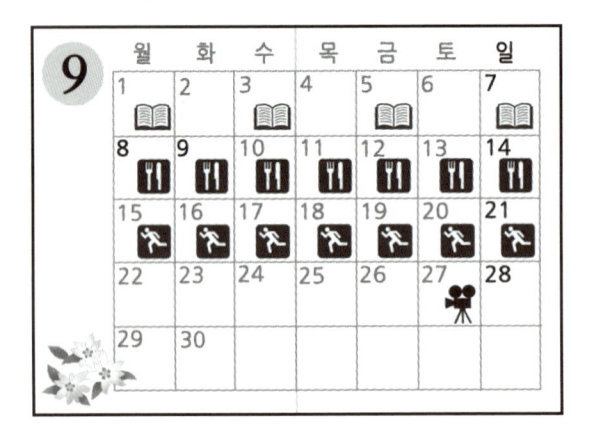

<보기>　항상　자주　가끔　전혀

01　저는 (　　) 운동을 해요.

02　저는 (　　) 책을 읽어요.

03　저는 (　　) 영화를 봐요.

04　저는 (　　) 요리를 하지 않아요.

Ⅲ. 다음 (   )에 알맞은 단어를 <보기>에서 고르세요.

<보기> 푹   잘못   혹시

01
가 : (   ) 한국 사람이에요?
나 : 아니요. 저는 중국 사람이에요.

02
가 : 여보세요? 거기 피자가게죠?
나 : 아니요. 전화 (   ) 거셨어요. 피자가게 아니에요.

03
가 : 감기는 이제 괜찮아졌어요?
나 : 네. 주말에 (   ) 잤어요. 그래서 지금은 괜찮아요.

Ⅳ. 그림을 보고 알맞은 단어를 <보기>에서 골라 쓰세요.

<보기> 조금   특히   훨씬

01 
저는 형보다 키가 (   ) 작아요.

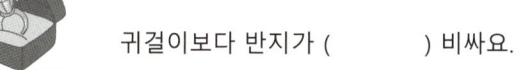

02
귀걸이보다 반지가 (   ) 비싸요.
천 원   백만 원

03 
저는 과일을 좋아해요. 과일 중에서 (   ) 딸기가 좋아요.

잠깐! 쉬어가기 休息一下！

▌빈도부사 頻率副詞

전혀	거의~않다	가끔 偶爾	자주, 종종 常常、常	항상, 늘, 언제나
完全不~	幾乎不~			總是、常、無論何時總是

전혀 (完全不~)

거의~않다 (幾乎不~)

가끔 (偶爾)

자주, 종종 (常常、常)

항상, 늘, 언제나 (總是、常、無論何時總是)

▋빈도부사는 어떤 행둥을 얼마나 자주 하는지를 나타냅니다. 예문을 통해 알아
봅시다.
頻率副詞用來表示多常做某種行動。透過例句一起來了解一下吧！

전혀 (完全不~)
가 : 집에서 요리를 하세요?
나 : 저는 집에서 **전혀** 요리를 하지 않아요.
甲 : 您都在家做菜嗎？
乙 : 我在家**完全**不做菜。

거의 ~ 않다 (幾乎不~)
가 : 아침 식사는 하셨어요?
나 : 저는 아침 식사를 **거의** 하지 **않아요**.
甲 : 您吃了早餐嗎？
乙 : 我**幾乎不**吃早餐。

가끔 (偶爾)
가 : 영화를 좋아하세요?
나 : **가끔** 영화관에 가기는 하지만 좋아하는 편은 아니에요.
甲 : 您喜歡電影嗎？
乙 : **偶爾**會去電影院，但不算喜歡。

자주, 종종 (常常、常)
가 : 어머니와 얼마나 **자주** 전화를 하세요?
나 : 저는 고향 생각이 날 때마다 **종종** 전화를 해요.
甲 : 您和媽媽多**常**通電話？
乙 : 我每次想起故鄉時就**常**會打電話回去。

항상, 늘, 언제나 (總是、常、無論何時總是)
가 : 준수 씨는 **항상** 일찍 출근하는 것 같아요.
나 : 그러게요. **언제나** 부지런한 모습이 보기 좋네요.
甲 : 俊秀先生好像**總是**很早上班。
乙 : 就是啊！看到他**總是**很勤奮的樣子真好。

MEMO

chapter 2

以圖畫學習詞彙

家、家具、家人
人、身體
物品
衣服、顏色
水果、蔬菜、食物
休閒嗜好
場所、職業
交通、位置
季節、天氣
動物、自然

I wish you the best of luck!

第31天 — 家、家具、家人

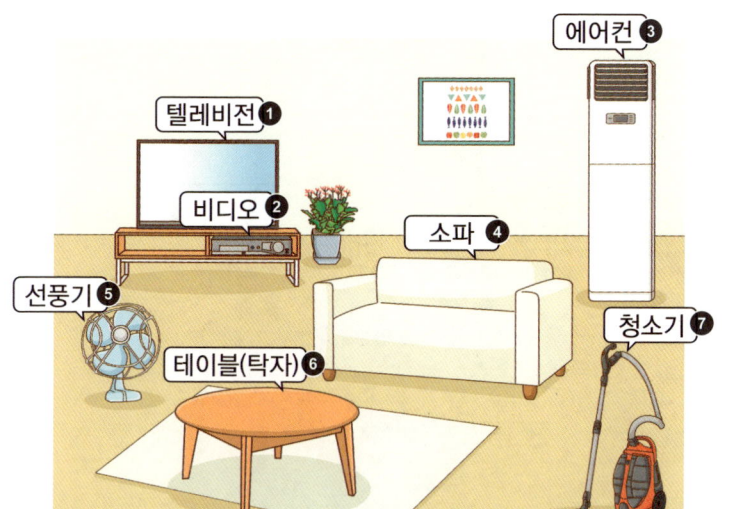

♪ 61

① 텔레비전　電視
② 비디오　錄放影機
③ 에어컨　冷氣
④ 소파　沙發
⑤ 선풍기　電風扇
⑥ 테이블(탁자)　桌子
⑦ 청소기　吸塵器

① 책장　書櫃
② 옷장　衣櫃
③ 문　門
④ 창문　窗戶
⑤ 라디오　收音機
⑥ 의자　椅子
⑦ 침대　床

第31天－家、家具、家人

❶ 냉장고 冰箱
❷ 아버지(아빠) 父親（爸爸）
❸ 어머니(엄마) 母親（媽媽）
❹ 아들 兒子
❺ 딸 女兒
❻ 할머니 奶奶
❼ 할아버지 爺爺
❽ 식탁 餐桌

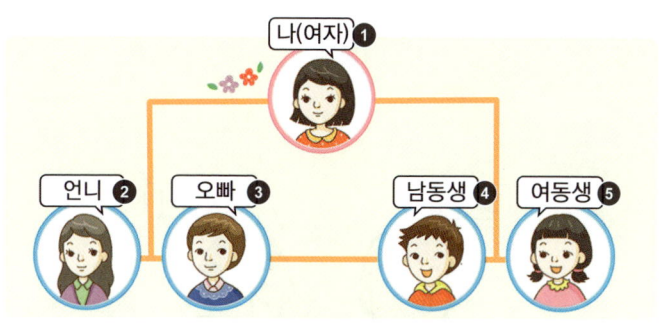

❶ 나(여자) 我（女生）　❷ 언니 姊姊　❸ 오빠 哥哥
❹ 남동생 弟弟　❺ 여동생 妹妹　❻ 나(남자) 我（男生）
❼ 형 哥哥　❽ 누나 姊姊　❾ 남동생 弟弟
❿ 여동생 妹妹　⓫ 남편 丈夫　⓬ 아내 妻子
⓭ 부부 夫婦

第31天 Quiz

I. 다음 그림을 보고 빈칸에 알맞은 단어를 써서 가족 소개 글을 완성하세요.

우리 가족은 모두 7명이에요. 할아버지와 (1)는 집에 계시고 아빠는 회사원이라서 (2)에 다니세요. 엄마는 주부라서 집에 계세요.
(3)는 선생님이라서 매일 학교에 가요. 언니는 한국대학교에 다니는 (4)이고 나는 초등학생이에요. 우리 가족은 매일 바쁘게 지내지만 모두 행복해요. 나는 우리 가족을 아주 사랑해요.

Ⅱ. 다음 그림을 보고 알맞은 단어를 연결하세요.

1 •   • 침대

2 •   • 의자

3 •   • 문

4 •   • 라디오

5 •   • 책장

6 •   • 옷장

7 •   • 창문

第32天 — 人、身體

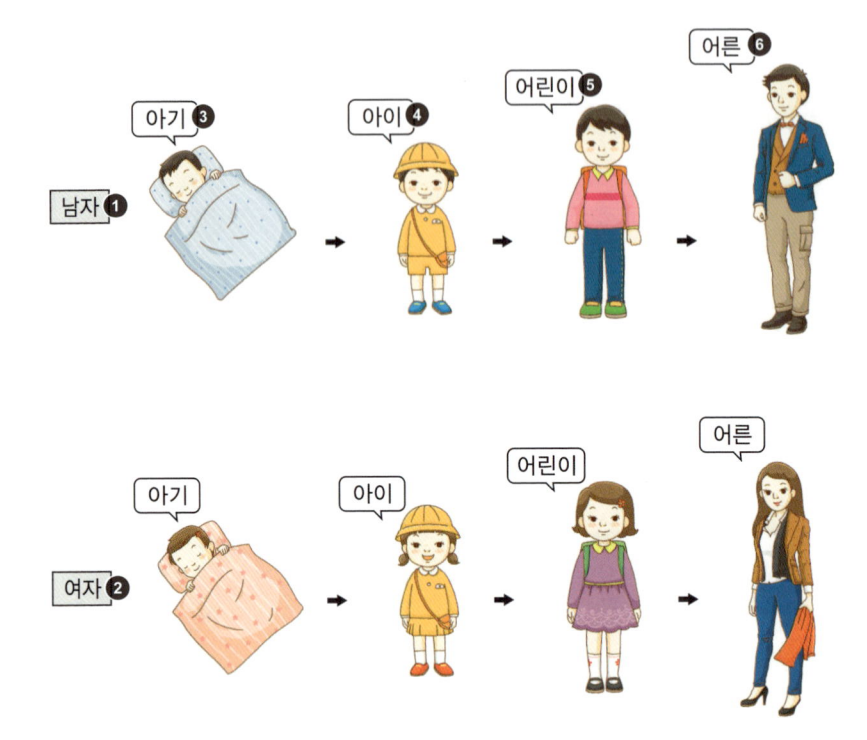

아기 ③ 아이 ④ 어린이 ⑤ 어른 ⑥

남자 ①

아기 아이 어린이 어른

여자 ②

① 남자 男生　② 여자 女生　③ 아기 嬰兒
④ 아이 幼兒　⑤ 어린이 兒童　⑥ 어른 成人

신체 ❶

머리 ❷

눈 ❹
귀 ❻
입 ❼
이 ❽
얼굴 ❸
❺ 코
❾ 머리카락
목 ❿

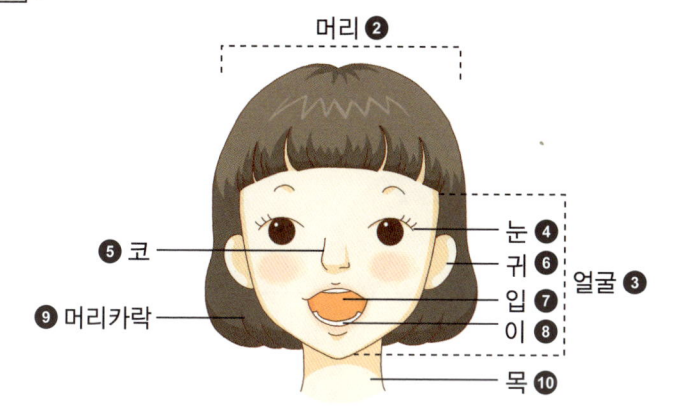

❶ 신체 身體
❷ 머리 頭
❸ 얼굴 臉
❹ 눈 眼睛
❺ 코 鼻子
❻ 귀 耳朵
❼ 입 嘴巴
❽ 이 牙齒
❾ 머리카락 頭髮
❿ 목 脖子

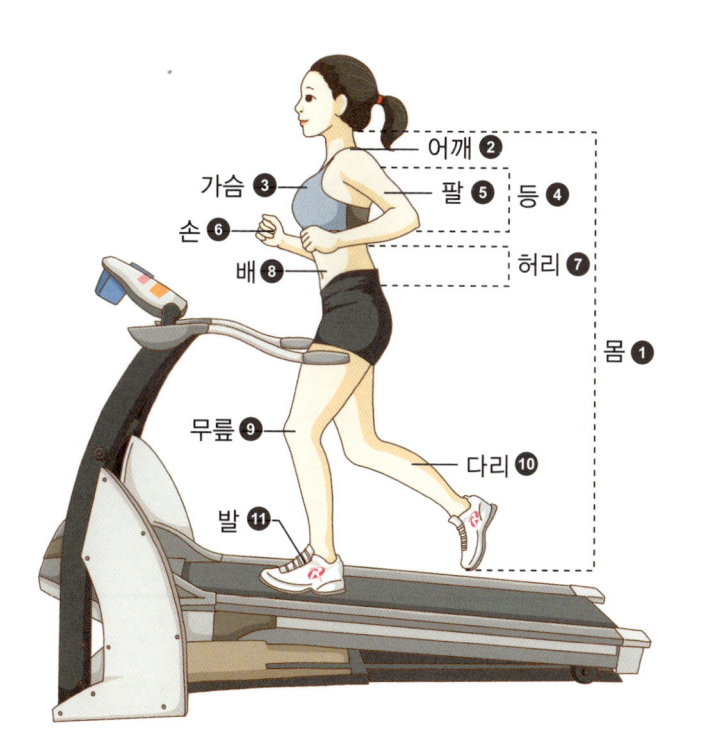

어깨 ❷
가슴 ❸
팔 ❺
등 ❹
손 ❻
허리 ❼
배 ❽
몸 ❶
무릎 ❾
다리 ❿
발 ⓫

❶ 몸 身體
❷ 어깨 肩膀
❸ 가슴 胸部
❹ 등 背部
❺ 팔 手臂
❻ 손 手
❼ 허리 腰
❽ 배 腹部
❾ 무릎 膝蓋
❿ 다리 腿
⓫ 발 腳

第32天 Quiz

Ⅰ. 다음 그림에 알맞은 단어를 연결하시거나 쓰세요.

01

1 •　　　　　• 입
2 •　　　　　• 눈
3 •　　　　　• 코
4 •　　　　　• 이
5 •　　　　　• 목
6 •　　　　　• 얼굴
7 •　　　　　• 머리
8 •　　　　　• 머리카락
9 •　　　　　• 귀

02

1.
2.
3.
4.
5.
6.
7.
8.
9.
10.
11.

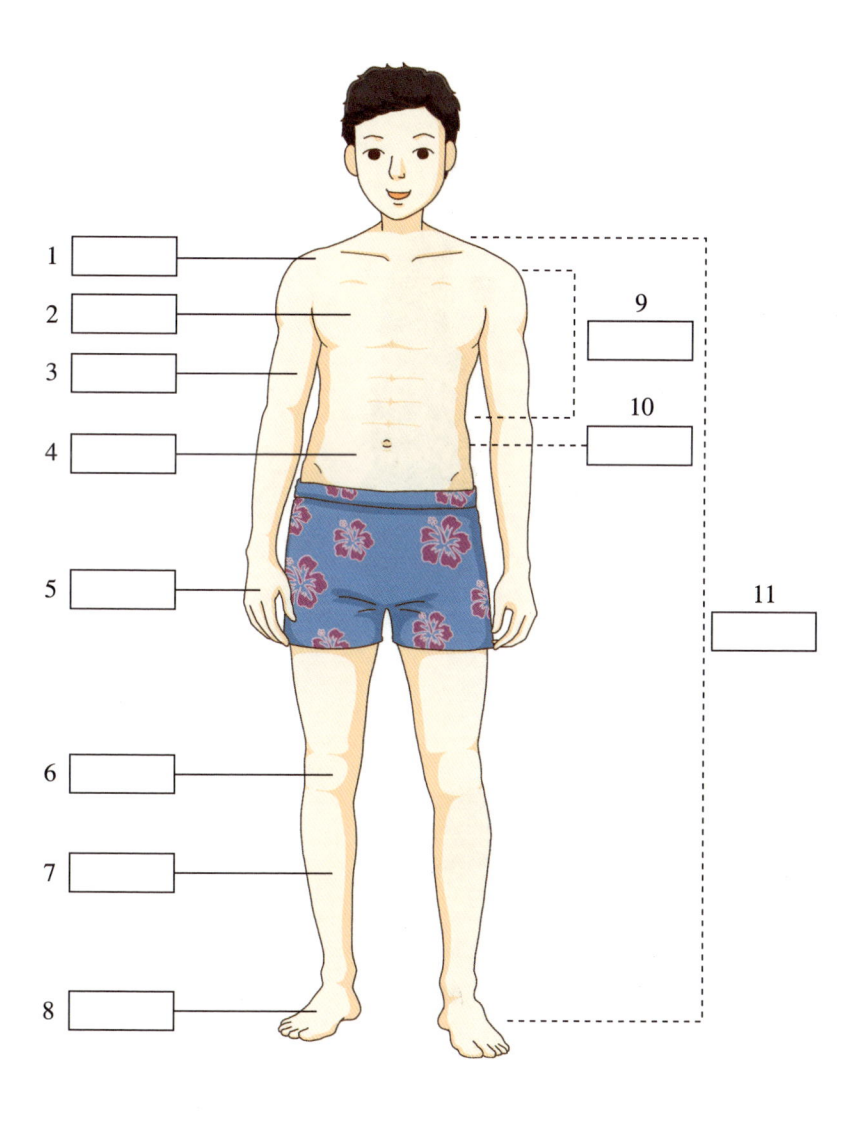

第32天 Quiz

Ⅱ. 다음 그림을 보고 ( )에 알맞은 단어를 쓰세요.

01

( )이 작아요.
( )이 커요.
( )가 높아요.
( )가 길어요.

02

( )이 작다.
( )가 높다.
( )가 짧다.
( )이 크다.

Ⅲ. 노래를 부르며 단어를 외워 보세요. ♬

머리 어깨 무릎 발

작사 미상
외국 곡

머 리 어 깨 무릎 발 무릎 발   머 리 어 깨 무릎 발 무릎 발 – 무릎

머 리 어 깨 발 – 무릎 발   머 리 어 깨 무릎 귀 코 귀

第33天 — 物品

방 ①

- ① 방 房間
- ② 화장품 化妝品
- ③ 거울 鏡子
- ④ 돈 錢
- ⑤ 지갑 皮夾
- ⑥ 인형 玩偶
- ⑦ 신문 報紙
- ⑧ 열쇠 鑰匙
- ⑨ 안경 眼鏡
- ⑩ 사진기 相機
- ⑪ 여권 護照

교실 ①

- ① 교실 教室
- ② 칠판 黑板
- ③ 전자사전 電子辭典
- ④ 사전 字典
- ⑤ 책 書
- ⑥ 연필 鉛筆
- ⑦ 책상 書桌
- ⑧ 공책 筆記本
- ⑨ 지우개 橡皮擦
- ⑩ 필통 鉛筆盒
- ⑪ 휴대 전화 手機

40天初級

♪ 63

❶ 사무실 辦公室　❷ 시계 時鐘　❸ 지도 地圖
❹ 컴퓨터 電腦　❺ 전화 電話　❻ 볼펜 原子筆
❼ 잡지 雜誌　❽ 책상 桌子　❾ 우산 雨傘
❿ 휴지통 垃圾桶　⓫ 가방 包包

以圖畫學習 詞彙

第33天 Quiz

Ⅰ. 다음 단어와 관계있는 말이 틀린 것을 고르십시오.

01　① 거울 – 보다　　　② 돈 — 쓰다
　　③ 신문 – 듣다　　　④ 지갑 — 잃어버리다

02　① 의자 – 앉다　　　② 우산 — 입다
　　③ 가방 – 넣다　　　④ 컴퓨터 — 하다

Ⅱ. 다음 그림을 보고 (　　)에 알맞은 단어를 쓰세요.

01　　　　　　　　　　　　02

(　　　　)　　　　　　　　(　　　　)

03　　　　　　　　　　　　04

(　　　　)　　　　　　　　(　　　　)

05　　　　　　　　　　　　06

(　　　　)　　　　　　　　(　　　　)

Ⅲ. 다음 빈칸에 공통적으로 들어갈 수 있는 단어를 고르세요.

01
저는 안경을 (   ).
칠판에 한국어를 (   ).
저는 볼펜보다 연필을 더 많이 (   ).

① 쓰다   ② 하다
③ 입다   ④ 끼다

02
아무도 가방을 (   ) 마세요.
필통을 (   ) 연필을 꺼냈어요.
지갑을 (   ) 보니 돈이 없었어요.

① 놀다   ② 하다
③ 열다   ④ 보다

Ⅳ. 다음이 설명하는 '이것'이 무엇인지 골라 보세요.

01
이것에는 자기 사진도 있고 신분증 번호도 있어요. 이것은 다른 나라에 갈 때 필요해요. 공항에서 이것을 보고 문제가 없으면 비행기를 탈 수 있어요.

① 필통   ② 지도
③ 여권   ④ 거울

02
이것에는 더럽거나 필요 없는 물건이 많이 있어요. 다 사용하고 더 쓸 곳이 없으면 이것에게 주세요. 길에 있는 쓰레기들도 이것에게 주면 거리가 더 깨끗해질 수 있어서 좋아요.

① 사진기   ② 휴지통
③ 전자사전   ④ 휴대 전화

第34天 — 衣服、顏色

♪ 64

❶ 옷가게 服飾店
❷ 티셔츠 T恤
❸ 코트 外套
❹ 치마 裙子
❺ 바지 褲子
❻ 원피스 洋裝
❼ 와이셔츠 襯衫
❽ 스웨터 毛衣
❾ 블라우스 短衫
❿ 반바지 短褲
⓫ 청바지 牛仔褲

❶ 패션잡화 流行配件
❷ 구두 鞋子
❸ 넥타이 領帶
❹ 모자 帽子
❺ 목걸이 項鍊
❻ 반지 戒指
❼ 양말 襪子
❽ 신발(운동화) 運動鞋
❾ 장갑 手套

색(색깔) ①

① 색(색깔) 顏色
② 갈색 棕色
③ 까만색(검정색) 黑色
④ 노란색 黃色
⑤ 녹색(초록색) 綠色
⑥ 빨간색 紅色
⑦ 주황색 橘色
⑧ 파란색 深藍色
⑨ 하늘색 淺藍色
⑩ 하얀색(흰색) 白色
⑪ 회색 灰色
⑫ 남색 靛青色
⑬ 보라색 紫色
⑭ 분홍색 粉紅色

第34天 Quiz

I. 다음 그림을 보고 누구인지 써 보세요.

01   분홍색 원피스를 입은 사람이 저의 엄마예요.　　　　　　　(　)

02   하늘색 모자를 쓰고 있는 사람이 저예요.　　　　　　　　　(　)

03   보라색 치마를 입고 노란색 블라우스를 입은 사람이　　　　(　)
　　　저의 언니예요.

04   파란색 반바지를 입고 녹색 티셔츠를 입은 사람이　　　　　(　)
　　　저의 여동생이에요.

Ⅱ. 그림을 보고 (   )에 알맞은 단어를 보기에서 골라 쓰세요.

<보기>	티셔츠	스웨터	블라우스	반바지	바지	치마	원피스
	까만색	노란색	녹색	빨간색	파란색	하얀색	보라색
	분홍색	구두	모자	목걸이	신발	운동화	장갑

01

(   )를 입고 있어요.
(   )를 입고 있어요.
(   )을 끼고 있어요.

02

(   )를 입고 있어요.
(   )를 입고 있어요.
(   )를 신고 있어요.

03

(   )를 입고 있어요.
(   )를 신고 있어요.
(   )를 하고 있어요.

第34天 Quiz

Ⅲ. 다음은 재미로 보는 색깔 심리테스트예요. 여러분은 어떤 사람인지 알아보세요.

Q. 무슨 색을 좋아하세요?

- 갈색
- 까만색(검정색)
- 노란색
- 녹색(초록색)
- 빨간색
- 주황색
- 파란색
- 하늘색
- 하얀색(흰색)
- 회색
- 남색
- 보라색
- 분홍색

▶ 당신이 여자라면.

빨간색 — 성격이 급해요.	性格急躁。
주황색 — 여유가 있어요.	從容不迫。
노란색 — 귀여워요.	可愛。
초록색 — 활발해요.	活潑。
파란색 — 시원한 사람이군요.	爽快的人。
보라색 — 매력이 많아요.	很有魅力。
갈색 — 혼자 있는 것을 좋아해요.	喜歡獨處。
까만색 — 독립심이 강해요.	強烈的獨立心。
하늘색 — 건강한 사람이에요.	健康的人。
흰색 — 마음이 넓어요.	心胸寬大。
분홍색 — 여자 중의 여자!	女人中的女人！

▶ 당신이 남자라면.

빨간색 — 재미있어요.	有趣。
주황색 — 건강하군요.	健康。
노란색 — 귀여워요.	可愛。
초록색 — 눈치가 빨라요.	會察言觀色。
파란색 — 활발한 사람이에요.	活潑的人。
보라색 — 조금 여성스러워요.	較女性化。
갈색 — 혼자 있는 것을 좋아해요.	喜歡獨處。
까만색 — 남자다운 남자예요.	有男子氣概的男人。
하늘색 — 시원한 사람이에요.	爽快的人。
흰색 — 깔끔한 남자예요.	俐落的男人。
분홍색 — 순진해요.	天真。

第35天 — 水果、蔬菜、食物

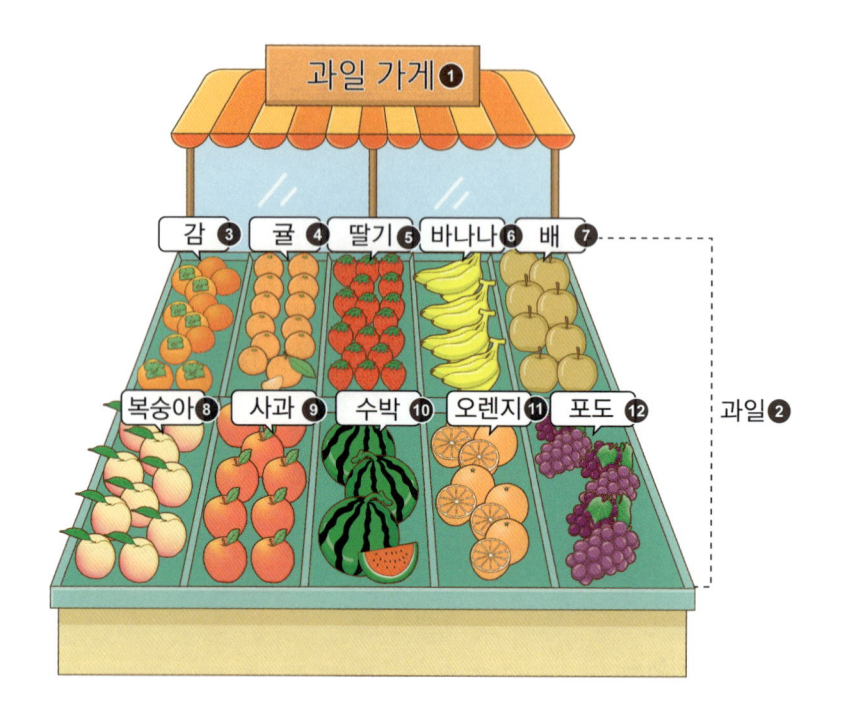

과일 가게 ❶

감 ❸　귤 ❹　딸기 ❺　바나나 ❻　배 ❼

복숭아 ❽　사과 ❾　수박 ❿　오렌지 ⓫　포도 ⓬

과일 ❷

❶ 과일 가게　水果攤　　❷ 과일　水果　　❸ 감　柿子
❹ 귤　橘子　　❺ 딸기　草莓　　❻ 바나나　香蕉
❼ 배　梨子　　❽ 복숭아　桃子　　❾ 사과　蘋果
❿ 수박　西瓜　　⓫ 오렌지　柳橙　　⓬ 포도　葡萄

❶ 야채 가게 蔬菜攤　　❷ 야채 蔬菜　　❸ 호박 南瓜
❹ 토마토 番茄　　❺ 감자 馬鈴薯　　❻ 고추 辣椒
❼ 당근 胡蘿蔔　　❽ 마늘 大蒜　　❾ 무 白蘿蔔
❿ 오이 小黃瓜　　⓫ 파 蔥　　⓬ 양파 洋蔥

第35天 — 水果、蔬菜、食物

♪ 65

메뉴판 ①

국수 ②	떡볶이 ⑧
김밥 ③	라면 ⑨
김치찌개 ④	만두 ⑩
냉면 ⑤	불고기 ⑪
된장찌개 ⑥	비빔밥 ⑫
떡국 ⑦	삼계탕 ⑬

- ① 메뉴판 菜單
- ② 국수 麵
- ③ 김밥 海苔飯卷
- ④ 김치찌개 泡菜鍋
- ⑤ 냉면 冷麵
- ⑥ 된장찌개 大醬鍋
- ⑦ 떡국 年糕湯
- ⑧ 떡볶이 辣炒年糕
- ⑨ 라면 韓國泡麵
- ⑩ 만두 餃子
- ⑪ 불고기 烤肉
- ⑫ 비빔밥 拌飯
- ⑬ 삼계탕 人參雞湯

Menu

- ① 녹차 綠茶
- ② 맥주 啤酒
- ③ 빵 麵包
- ④ 샌드위치 三明治
- ⑤ 아이스크림 冰淇淋
- ⑥ 우유 牛奶
- ⑦ 주스 果汁
- ⑧ 커피 咖啡
- ⑨ 케이크 蛋糕
- ⑩ 콜라 可樂
- ⑪ 홍차 紅茶

第35天 Quiz

Ⅰ. 다음 단어들 중에서 성격이 다른 하나를 고르세요.

01 | 바나나   복숭아   오렌지   삼계탕   포도

02 | 맥주   만두   우유   주스   커피

03 | 김밥   냉면   감자   라면   불고기

Ⅱ. 다음 그림을 보고 재료로 들어가지 않는 것을 고르세요.

01
① 당근
② 오이
③ 국수
④ 소시지

02
① 감자
② 양파
③ 수박
④ 계란

Ⅲ. 다음 표에 어울리는 단어를 <보기>에서 골라 쓰고 아래의 대화를 완성하세요.

<보기> 명/분 개 통 근 병 잔 상자 그릇 줄 송이 접시 인분

단위명사	명사
(1)	아이, 어른, 학생, 사람…
개	사과, 배, 복숭아, 오렌지, 토마토, 감자… 라면, 아이스크림, 빵, 우유…
송이	포도, 바나나
통	수박
근	딸기, 포도, 감자…
상자(박스)	과일, 라면…
(2)	녹차, 우유, 주스, 커피…
병	맥주, 우유, 주스…
그릇	국수, 냉면, 라면, 비빔밥, 김치찌개…
줄	김밥
접시	김밥, 만두, 떡볶이…
(3)	김밥, 김치찌개, 떡볶이, 불고기, 삼계탕…

가 : 아주머니, 김밥 한 (4)하고 라면 한 (5) 주세요.
나 : 네. 잠깐만 기다리세요.
가 : 아저씨, 사과 다섯 (6)하고 수박 한 (7) 사고 싶은데요. 모두 얼마예요?
나 : 네. 27,000원입니다. 감사합니다.

第36天 — 休閒嗜好

❶ 농구　籃球　　❷ 배구　排球　　❸ 수영　游泳
❹ 스키　滑雪　　❺ 야구　棒球　　❻ 축구　足球
❼ 탁구　桌球　　❽ 태권도　跆拳道　　❾ 테니스　網球

❶ 바이올린 小提琴　❷ 피아노 鋼琴　❸ 기타 吉他
❹ 등산 登山　❺ 낚시 釣魚　❻ 독서 讀書

第36天 Quiz

Ⅰ. 무슨 운동인지 <보기>에서 골라 쓰세요.

<보기>
농구 배구 수영 스키
탁구 축구 태권도 테니스

01　키가 큰 사람이 더 잘 해요. 한 팀에 5명 있어요.　　　　(　　　)

02　혼자서도 할 수 있어요. 물 속에서 하는 운동이에요.　　　(　　　)

03　겨울에 자주 하는 운동이에요. 눈 위에서 하는 운동이에요.　(　　　)

04　이것은 한국의 전통 운동이에요. 보통 하얀색 옷을 입고 해요.　(　　　)

05　이 운동은 유럽에서 인기가 많아요. 발로 공을 차면서 하는 운동이에요. (　　　)

Ⅱ. 다음 단어와 관계있는 말이 잘못된 것을 고르세요.

01　① 농구 – 하다　　② 야구 – 하다
　　③ 수영 – 하다　　④ 스키 – 하다

02　① 탁구 – 치다　　② 테니스 – 치다
　　③ 피아노 – 치다　④ 바이올린 – 치다

03　① 등산 – 가다　　② 낚시 – 가다
　　③ 독서 – 가다　　④ 운동 – 가다

Ⅲ. <보기>를 보고 여러분의 취미에 대해서 써 보세요.

<보기> 저는 좋아하는 것이 많아요.
여행도 좋아하고 독서도 좋아해요.
그리고 운동하는 것을 좋아해요.
특히 수영과 테니스를 자주 해요.
한국에는 산이 많아서 등산도 자주 해요.
하지만 저는 피아노나 기타를 칠 수 없어요.
나중에 기회가 있으면 꼭 배우고 싶어요.

<나의 취미>
_____
_____
_____
_____

第37天 — 場所、職業

우리 동네 ①

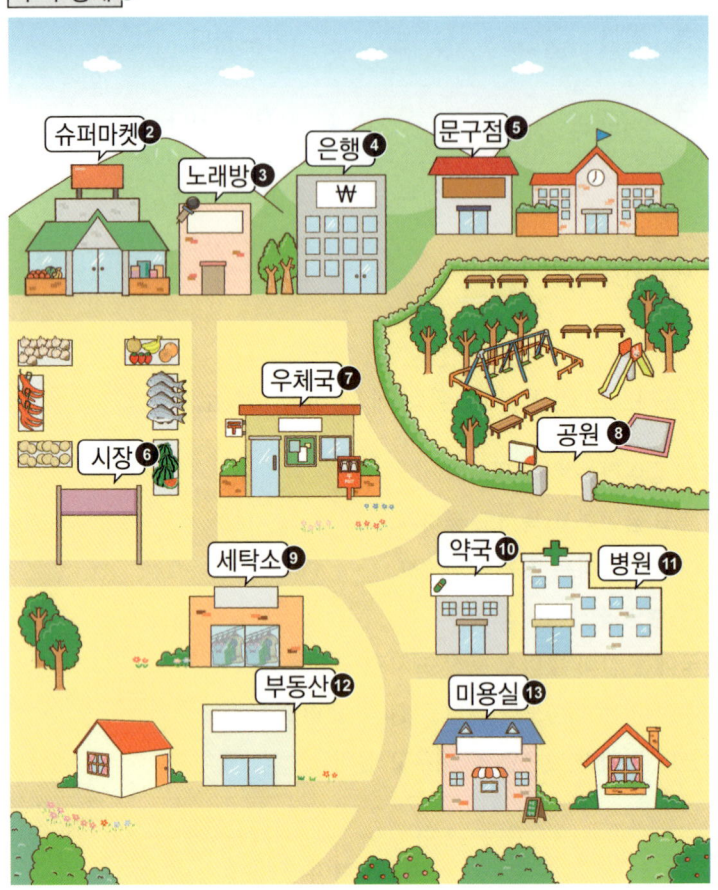

- 슈퍼마켓 ②
- 노래방 ③
- 은행 ④
- 문구점 ⑤
- 시장 ⑥
- 우체국 ⑦
- 공원 ⑧
- 세탁소 ⑨
- 약국 ⑩
- 병원 ⑪
- 부동산 ⑫
- 미용실 ⑬

❶ 우리 동네 我們社區　❷ 슈퍼마켓 超市　❸ 노래방 KTV
❹ 은행 銀行　❺ 문구점 文具店　❻ 시장 市場
❼ 우체국 郵局　❽ 공원 公園　❾ 세탁소 洗衣店
❿ 약국 藥局　⓫ 병원 醫院　⓬ 부동산 不動產
⓭ 미용실 美容院

우리 학교

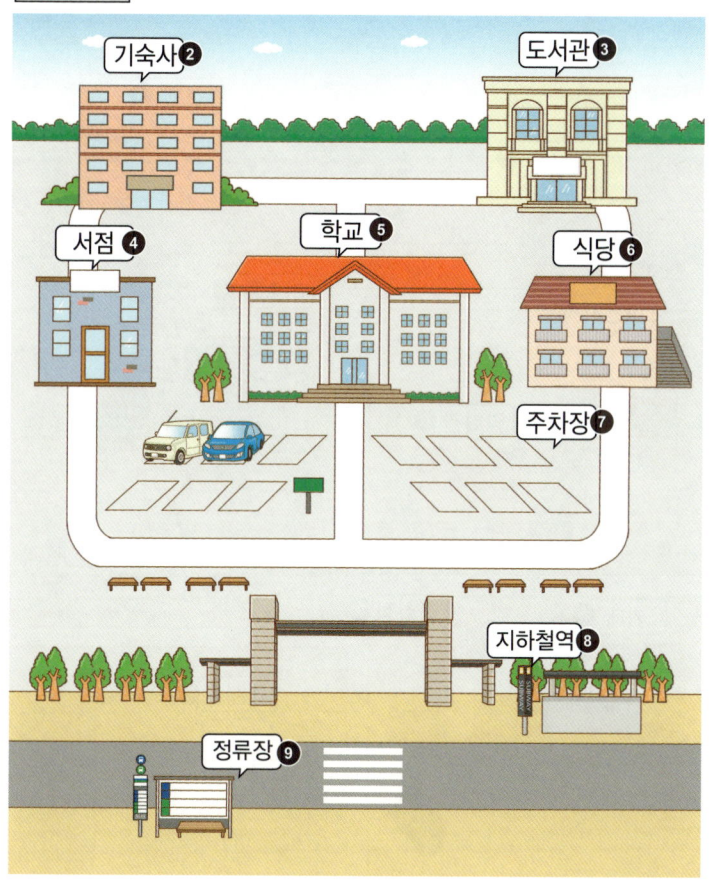

- ❶ 우리 학교　我們學校
- ❷ 기숙사　宿舍
- ❸ 도서관　圖書館
- ❹ 서점　書店
- ❺ 학교　學校
- ❻ 식당　餐廳
- ❼ 주차장　停車場
- ❽ 지하철역　地鐵站
- ❾ 정류장　公車站

第37天 — 場所、職業

장소 ①

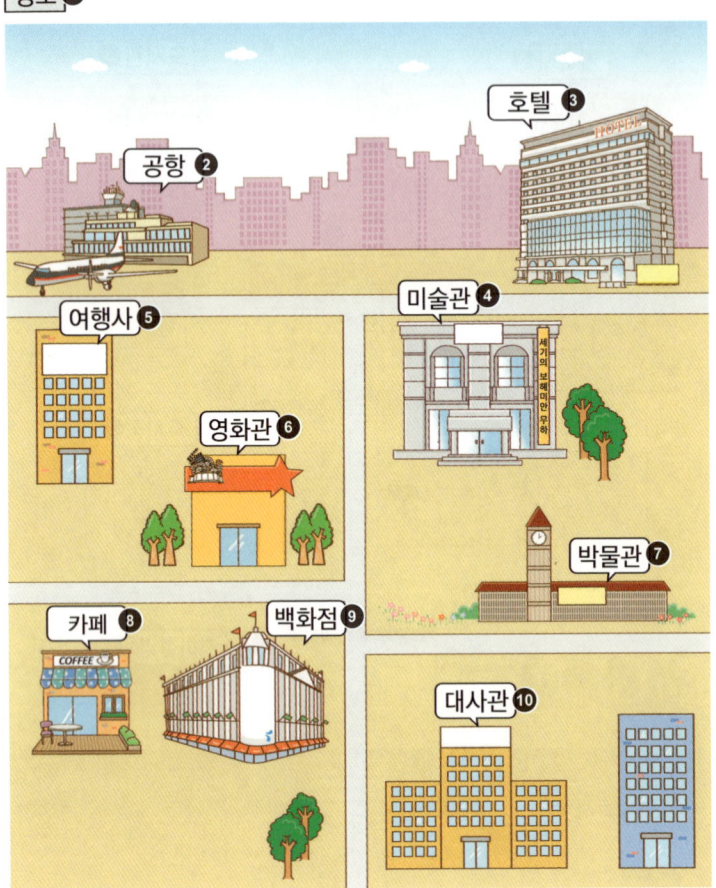

- ② 공항
- ③ 호텔
- ⑤ 여행사
- ④ 미술관
- ⑥ 영화관
- ⑦ 박물관
- ⑧ 카페
- ⑨ 백화점
- ⑩ 대사관

❶ 장소 場所	❷ 공항 機場	❸ 호텔 旅館
❹ 미술관 美術館	❺ 여행사 旅行社	❻ 영화관 電影院
❼ 박물관 博物館	❽ 카페 咖啡廳	❾ 백화점 百貨公司
❿ 대사관 大使館		

40天初級

직업 ①

가수 ②

간호사 ③

경찰 ④

군인 ⑤

운전기사 ⑥

기자 ⑦

❶ 직업　職業　　❷ 가수　歌手　　❸ 간호사　護士
❹ 경찰　警察　　❺ 군인　軍人　　❻ 운전기사　司機
❼ 기자　記者

以圖畫學習 詞彙

第37天 — 場所、職業

모델 ❶
변호사 ❷
선생님 ❸
영화배우 ❹
운동선수 ❺
은행원 ❻

❶ 모델　模特兒　　❷ 변호사　律師　　❸ 선생님　老師
❹ 영화배우　電影演員　❺ 운동선수　運動選手　❻ 은행원　銀行員

40天初級

♪67

의사 ❶　　점원(종업원) ❷　　주부 ❸

학생 ❹　　화가 ❺　　회사원 ❻

❶ 의사　醫生　　❷ 점원(종업원)　店員（員工）　　❸ 주부　家庭主婦
❹ 학생　學生　　❺ 화가　畫家　　❻ 회사원　上班族

第37天 Quiz

I. 다음 그림을 보고 빈칸에 알맞은 단어와 문장을 쓰세요.

<보기>

공원
산책을 해요.

01 ( )
머리가 아파요.

02 ( )
돈이 없어요.

03 ( )
책을 사요.

04 ( )
밥을 먹어요.

05 ( )
한국어를 배워요.

06 공항
( ).

07 영화관
( ).

08 백화점
( ).

II. 다음 단어와 서로 관계있는 것을 연결하세요.

미용실　•　　　　　　•　집을 구해요.
우체국　•　　　　　　•　비자를 만들어요.
부동산　•　　　　　　•　머리를 잘라요.
여행사　•　　　　　　•　버스를 타고 내려요.
대사관　•　　　　　　•　비행기 표를 사요.
정류장　•　　　　　　•　편지를 보내요.

III. 다음 단어와 관계있는 말이 <u>틀린</u> 것을 고르십시오.

01
① 의사 – 병원
② 기자 – 기숙사
③ 선생님 – 학교
④ 운전기사 – 택시

02
① 가수 – 노래를 불러요.
② 경찰 – 도둑을 잡아요.
③ 화가 – 축구를 잘해요.
④ 주부 – 집에서 일해요.

第38天 — 交通、位置

교통 ①

비행기 ④
자동차 ②
자전거 ③
택시 ⑤
배 ⑥
버스 ⑦
기차 ⑧
지하철 ⑨

① 교통　交通　　② 자동차　汽車　　③ 자전거　腳踏車
④ 비행기　飛機　　⑤ 택시　計程車　　⑥ 배　船
⑦ 버스　公車　　⑧ 기차　火車　　⑨ 지하철　地鐵

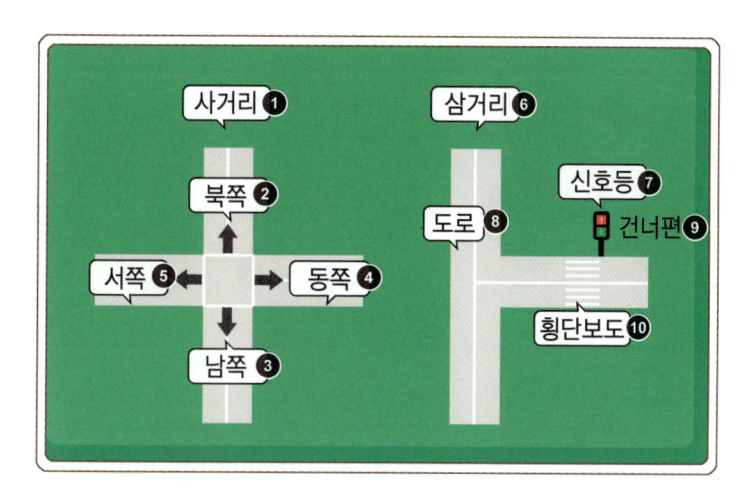

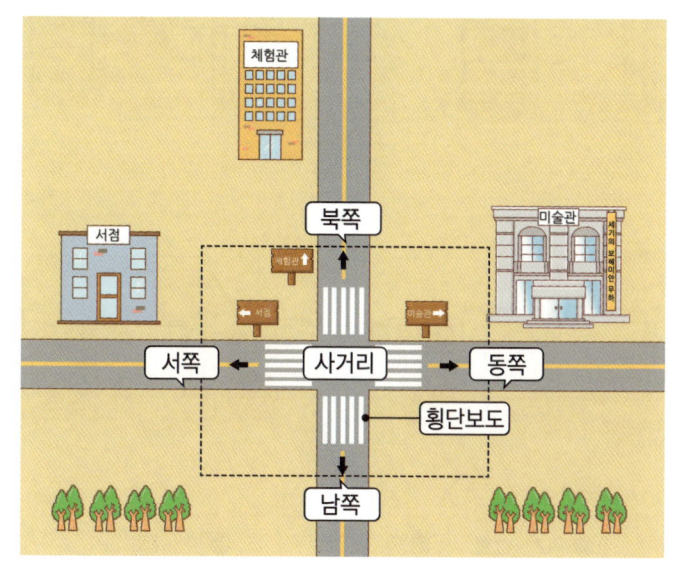

❶ 사거리 十字路口　❷ 북쪽 北邊　❸ 남쪽 南邊
❹ 동쪽 東邊　❺ 서쪽 西邊　❻ 삼거리 路口
❼ 신호등 紅綠燈　❽ 도로 馬路　❾ 건너편 對面
❿ 횡당보도 斑馬線

第38天 — 交通、位置

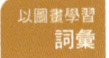

위치 ❶

안 ❷

밖 ❸

위 ❹

❺ 아래(밑)

오른쪽 ❻

왼쪽 ❼

❶ 위치 位置　❷ 안 裡面　❸ 밖 外面
❹ 위 上面　❺ 아래(밑) 下面　❻ 오른쪽 右邊
❼ 왼쪽 左邊

❶ 앞 前面　　❷ (책)뒤 （書）後面　　❸ 속 裡面　　❹ 사이(가운데) 中間

第38天 Quiz

I. 다음 그림을 보고 답을 써 보세요.

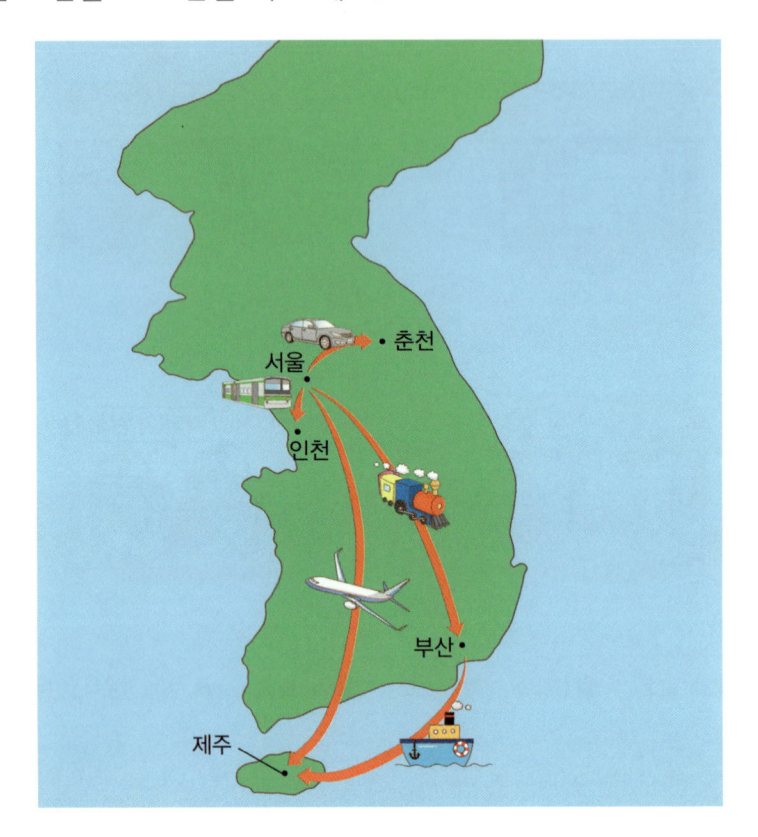

01   서울에서 부산까지 무엇을 타고 갔어요?   (   )

02   서울에서 춘천까지 무엇을 타고 갔어요?   (   )

03   서울에서 인천까지 무엇을 타고 갔어요?   (   )

04   서울에서 제주도까지 무엇을 타고 갔어요?   (   )

05   부산에서 제주도까지 무엇을 타고 갔어요?   (   )

Ⅱ. 다음 그림을 보고 답을 고르세요.

01 교실 안에 누가 있어요? ( )

02 책상 위에 뭐가 있어요? ( )

03 창문 밖에 뭐가 있어요? ( )

04 의자 아래에 뭐가 있어요? ( )

05 칠판 오른쪽에 뭐가 있어요? ( )

第39天 — 季節、天氣

계절(사계절) ❶

❷ 봄   여름 ❸

❹ 가을   겨울 ❺

❶ 계절(사계절) 季節（四季）   ❷ 봄 春   ❸ 여름 夏
❹ 가을 秋   ❺ 겨울 冬

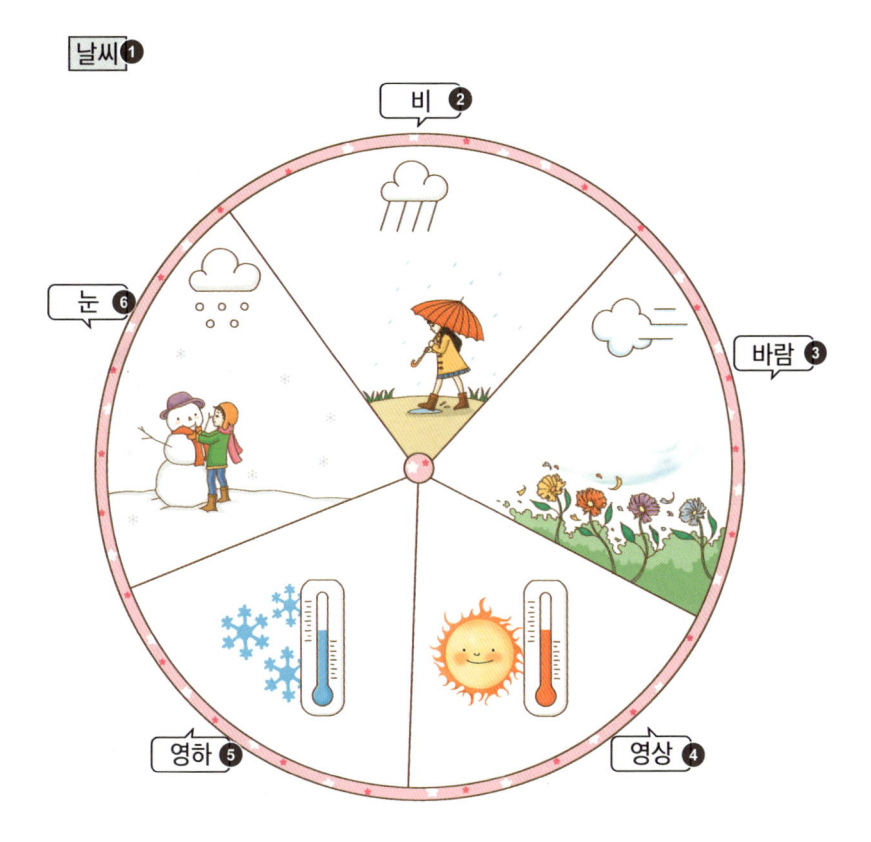

날씨 ❶
비 ❷
바람 ❸
눈 ❻
영하 ❺
영상 ❹

❶ 날씨 天氣 ❷ 비 雨 ❸ 바람 風
❹ 영상 零上 ❺ 영하 零下 ❻ 눈 雪

第39天 Quiz

I. 다음 그림을 보고 <보기>에서 알맞은 단어를 골라 쓰세요.

<보기> 여름   가을   겨울   꽃   눈   바람   바다

01

봄
따뜻해요.
(　　)이 피어요.
소풍을 가요.

02

(　　　)
더워요.
비가 와요.
(　　　)에 가요.

03

(　　　)
시원해요.
(　　　)이 불어요.
책을 읽어요.

04

(　　　)
추워요.
(　　　)이 와요.
스키를 타요.

Ⅱ. 다음 <보기>와 같이 그림을 보고 날씨를 말해 보세요.

<보기> 오전(-2℃, 눈) 오후(2℃, 해)

오늘의 날씨를 말씀드리겠습니다.
오전에는 영하 2℃로 조금 춥고 눈이 오겠습니다.
오후에는 영상 2℃로 오전보다 따뜻해지겠습니다.
그리고 오후에는 맑겠습니다.

01

오전(20℃, 바람) 오후(28℃, 비 + 구름) 저녁

오늘의 (　　　)를 말씀드리겠습니다.
오전에는 (　　　) 20℃로 시원하고 (　　　)이 불겠습니다.
오후에는 28℃로 (　　　)가 오고 흐리겠습니다. 저녁에는 맑겠습니다.

02

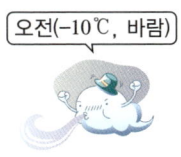

오전(-10℃, 바람) 오후(-8℃, 해) 저녁(-15℃, 눈)

오늘의 날씨를 말씀드리겠습니다.
오전에는 (　　　) 10℃로 아주 춥고 (　　　)이 불겠습니다.
오후에도 맑겠지만 날씨는 춥겠습니다.
저녁에는 영하 15℃까지 내려가겠고 밤에는 (　　　)이 오겠습니다.

第40天 — 動物、自然

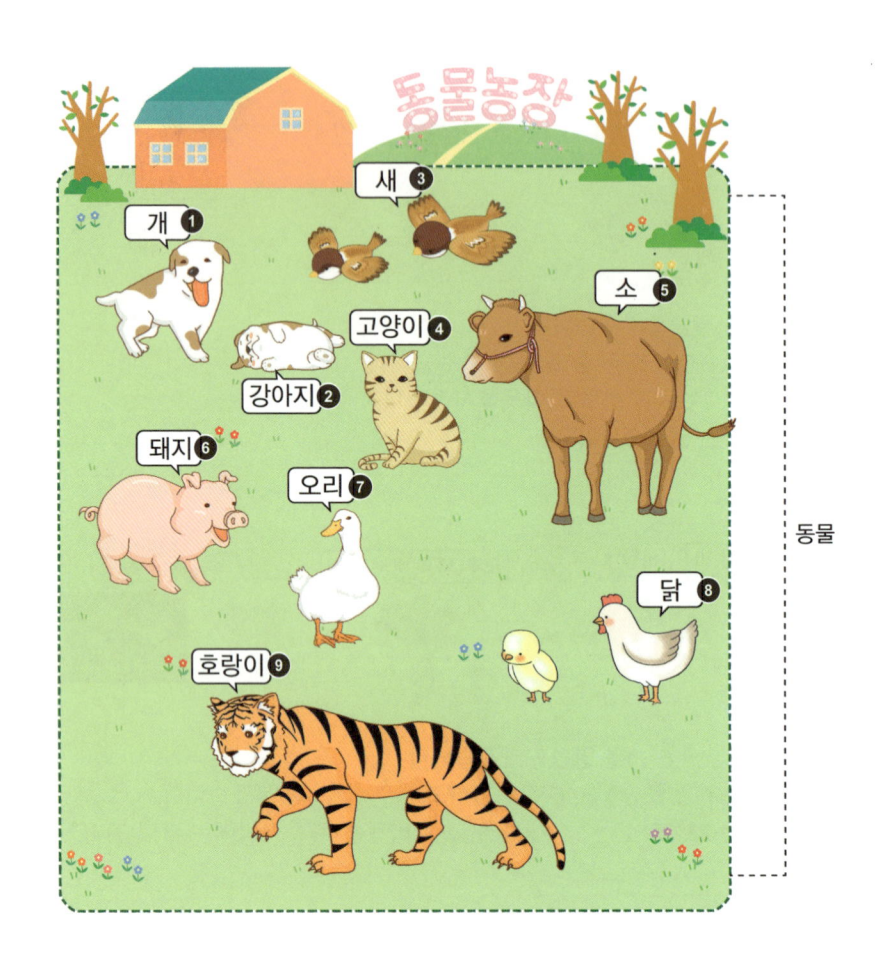

동물농장

- 개 ❶
- 새 ❸
- 강아지 ❷
- 고양이 ❹
- 소 ❺
- 돼지 ❻
- 오리 ❼
- 닭 ❽
- 호랑이 ❾

동물

❶ 개 狗　　❷ 강아지 小狗　　❸ 새 鳥
❹ 고양이 貓　❺ 소 牛　　　　❻ 돼지 豬
❼ 오리 鴨子　❽ 닭 雞　　　　❾ 호랑이 老虎

❶ 낮 白天
❷ 구름 雲
❸ 해 太陽
❹ 하늘 天空
❺ 산 山
❻ 나무 樹木
❼ 꽃 花

❶ 밤 夜晚
❷ 달 月亮
❸ 별 星星
❹ 섬 島嶼
❺ 바다 大海

第40天 Quiz

Ⅰ. 그림과 초성을 보고 알맞은 단어를 써 보세요.

01
ㅎ+ㄴ=(　　　)

02 
ㄱ+ㄹ=(　　　)

03 
ㅎ=(　　　)

04 
ㅅ=(　　　)

05 
ㄴ+ㅁ=(　　　)

06 
ㄲ=(　　　)

07　　　　　　　　　　　　　　08

ㅂ+ㄷ=(　　　)　　　　　　　ㅅ=(　　　)

Ⅱ. 다음 단어와 관계있는 것이 <u>틀린</u> 것을 고르세요.

01　① 꽃 – 열다
　　② 산 – 높다
　　③ 하늘 – 맑다
　　④ 구름 – 끼다

02　① 바다 – 넓다
　　② 해 – 닫다
　　③ 나무 – 크다
　　④ 별 – 뜨다

第40天 Quiz

Ⅲ. 다음 그림을 보고 이야기를 완성하세요.

여기는 시골에 있는 우리 할머니 집이에요.
할머니 집에는 동물들이 많아요.
(1) 한 마리, (2) 세 마리가 있어요. 아주 귀여워요.
그리고 (3)도 두 마리 있어요.
(4)는 한 마리밖에 없어요.
(5)는 세 마리나 있어요.
(6)은 모두 두 마리 있어서 아침마다 계란을 두 개씩 먹을 수 있어요.
(7)들은 항상 할머니 집에 있는 나무 위에 앉아서 노래를 불러요.

解答

chapter 1 품사로 배우는 어휘

1일차
Ⅰ 가격 — 값 / 건물 — 빌딩 / 경치 — 풍경 / 곳 — 장소 / 가요 — 노래
Ⅱ 1. ③ 2. ①
Ⅲ 1. ① 2. ② 3. ③ 4. ④
Ⅳ 1. ② 2. ①

2일차
Ⅰ 1. 국적 2. 공연 3. 공휴일 4. 금연
Ⅱ 1. ③ 2. ② 3. ①
Ⅲ 1. ③ 2. ② 3. ① 4. ③
Ⅳ 1. 휴가 기간에 집에서 쉴 거예요.
   2. 우리 학교 근처에는 식당이 많아요.

3일차
Ⅰ 다이어트 — 살을 빼요. / 뉴스 — 여러 가지 소식을 알 수 있어요.
   데이트 — 좋아하는 여자와 영화를 봐요. / 눈싸움 — 눈이 오면 하는 놀이예요.
Ⅱ 1. ① 2. ③ 3. ④ 4. ③
Ⅲ 1. ① 2. ②
Ⅳ 1. ② 2. ④

4일차
Ⅰ 1. 말 2. 명절 3. 맛 4. 동아리
Ⅱ 1. ① 2. ②
Ⅲ 1. ③ 2. ④ 3. ④
Ⅳ 1. 이번 방학에 며칠 동안 여행을 갈 거예요.
   2. 친구에게 휴대 전화로 축하 메시지를 보냈어요.

5일차
Ⅰ 빨래 — 옷을 깨끗하게 빨아요. / 방법 — 어떻게 해야 해요?
   비밀 — 다른 사람에게 말을 하면 안 돼요. / 방학 — 학교에 가지 않아요.
   배탈 — 너무 많이 먹어서 배가 아파요.
Ⅱ 1. ② 2. ④ 3. ④ 4. ③
Ⅲ 1. ② 2. ① 3. ②
Ⅳ ②

解答

6일차
Ⅰ   ski — 스키 / size — 사이즈 / sale — 세일 / sign — 사인 / service — 서비스
Ⅱ   1. 생신   2. 연세   3. 성함   4. 댁   5. 말씀
Ⅲ   1. ④   2. ①
Ⅳ   1. 소포   2. 소설   3. 세계   4. 소리

7일차
Ⅰ   1. 질   2. 시외   3. 끝   4. 도시
Ⅱ   시험 — 보다 / 아침 — 먹다 / 스트레스 — 풀다 / 약속 — 지키다 / 여행 — 가다 / 신청서 — 내다
Ⅲ   1. 시험   2. 여행   3. 식사   4. 쓰레기
Ⅳ   1. 쓰레기   2. 얼마   3. 여기저기   4. 약속

8일차
Ⅰ   1. 유학   2. 월급   3. 영화표   4. 월세
Ⅱ   1. ③   2. ④   3. ①
Ⅲ   1. 요즘   2. 오랜만   3. 연휴   4. 오랫동안   5. 요금
Ⅳ   1. 요즘 유행하는 영화가 뭐예요? / 요즘 유행하는 영화는 어떤 영화예요?
       2. 이번 월급을 받고 월세를 냈어요. / 이번에 월급을 받고나서 월세를 낼게요.
       3. 영화를 보기 전에 영화표를 예약했어요. / 영화를 보려고 영화표를 예약했어요.

9일차
Ⅰ   1. 일기예보   2. 장마철   3. 일기   4. 인구   5. 점수
Ⅱ   1. 전통
Ⅲ   전 — 후 / 장점 — 단점 / 입구 — 출구 / 입학 — 졸업
Ⅳ   1. X   2. X   3. X   4. O

10일차
Ⅰ   출장 — 가다 / 줄 — 서다 / 정보 — 찾다 / 졸업 — 하다 / 추억 — 만들다
Ⅱ   1. ③   2. ③
Ⅲ   (자유롭게 대답하세요.)
Ⅳ   1. 친구   2. 키   3. 처음   4. 졸업   5. 정도   6. 취미   7. 추억

11일차
I   1. 현금 2. 파티 3. 홈페이지 4. 한자
II   1. 학년 2. 휴가 3. 할인 4. 회의 5. 혼자
III 1. 가족 2. KTX기차 3. 시원하다 4. 3시간 5. (바다)-(식당)-(호텔) 6. ②

12일차
I   계산하다 — 돈을 내다 / 공부하다 — 배우다 / 감사하다 — 고마워하다 / 결정하다 – 정하다 / 구경하다 — 관광하다
II   1. ① 2. ④ 3. ④ 4. ①
III 1. ② 2. ① 3. ③ 4. ①
IV 1. ③

13일차
I   기억하다 — 잊어버리다 / 꺼내다 — 넣다 / 끄다 — 켜다 / 나가다 — 들어가다 / 끝나다 — 시작되다
II   1. ② 2. ① 3. ② 4. ③
III 1. ② 2. ② 3. ①
IV 1. ② 2. ③

14일차
I   1. 담그다 2. 닮다 3. 다치다 4. 닦다
II   1. ① 2. ①
III 1. 내려가다 2. 타다 3. 넣다 4. 닫다
IV 1. ③ 2. ③ 3. ③ 4. ①

15일차
I   주다 — 드리다 / 먹다 — 드시다 / 마시다 — 드시다 / 말하다 – 말씀하시다 / 데리고 오다 — 모시고 오다
II   1. ② 2. ① 3. ①
III 1. 출발하다 2. 나가다 3. 헤어지다 4. 끝나다
IV 1. ④ 2. ② 3. ①

解答

16일차
I 1. 벗다 2. 들다 3. 매다 4. 신다
II 1. ① 2. ②
III 1. 이 2. 으로 3. 을 4. 에게
IV 1. ② 2. ④ 3. ①

17일차
I 1. 빼다 2. 불다 3. 세우다 4. 붙다
II 사랑하다 — 좋아하다 / 사인하다 — 서명하다 / 세일하다 — 할인하다 / 사용하다 — 쓰다 / 빨래하다 — 옷을 빨다
III 1. ① 2. ④
IV (자유롭게 대답하세요.)

18일차
I 1. 쓰다 2. 쓰다 3. 앉다 4. 쓰다 5. 신다
II 1. ④ 2. ② 3. ②
III 1. ③ 2. ②
IV 1. 시키다 2. 싸우다 3. 알리다 4. 쌓이다

19일차
I 1. 오다 2. 올라가다 3 오르다
II 열다 — 닫다 / 오다 — 가다 / 울다 — 웃다 / 웃기다 — 울리다 / 올라가다 – 내려가다
III 1. 운전하다 2. 운동하다 3. 웃다 4. 울다
IV 1. ③ 2. ② 3. ②

20일차
I 1. 진지를 드세요(드십니다) 2. 주무세요(주무십니다)
II 1. ④ 2. ② 3. ③
III 1. ③ 2. ③
IV (자유롭게 이야기 하세요.)

21일차
Ⅰ　1. 차다　2. 청소하다　3. 출발하다　4. 찍다
Ⅱ　1. 지키다　2. 질문하다　3. 짓다
Ⅲ　1. 1) 지내다, 2) 지나다　　　　2. 1) 주다, 2) 주차하다
　　3. 1) 즐기다, 2) 즐거워하다　　4. 1) 차다, 2) 차리다
　　5. 1) 출근하다, 2) 출발하다

22일차
Ⅰ　1. 펴다　2. 피다　3. 타다　4. 치다
Ⅱ　틀다 — 끄다 / 팔다 — 사다 / 펴다 — 덮다 / 틀리다 — 맞다 / 태어나다 — 죽다 / 퇴근하다 — 출근하다
Ⅲ　1. ①　2. ④　3. ③
Ⅳ　1. 화내다　2. 팔리다　3. 팔다　4. 화나다

23일차
Ⅰ　1. ②　2. ②　3. ①
Ⅱ　1. ③　2. ②
Ⅲ　1. 덥다　2. 나쁘다　3. 짧다　4. 낮다

24일차
Ⅰ　1. 차갑다　2. 적다　3. 비싸다　4. 가볍다　5. 고프다
Ⅱ　1. ②　2. ③
Ⅲ　1. ①　2. ④
Ⅳ　③

25일차
Ⅰ　1. 쓰다　2. 시다　3. 싱겁다
Ⅱ　얇다 — 두껍다 / 어둡다 — 밝다 / 위험하다 — 안전하다 / 시원하다 — 따뜻하다 / 시끄럽다 — 조용하다
Ⅲ　1. 알맞다　2. 심하다　3. 아니다　4. 유명하다　5. 안전하다
Ⅳ　1. ③　2. ③

解答

26일차
- Ⅰ 작다 — 크다 / 적다 — 많다 / 춥다 — 덥다 / 좁다 — 넓다 / 짧다 — 길다
- Ⅱ 1. 흐리다   2. 필요하다   3. 즐겁다   4. 힘들다, 즐겁다
- Ⅲ 1. 짧다   2. 작다   3. 적다   4. 크다   5. 길다
- Ⅳ (자유롭게 쓰세요.)

27일차
- Ⅰ 가끔 — 자주 / 계속 — 그만 / 같이 — 따로 / 나중에 — 먼저
- Ⅱ 1. ④   2. ②   3. ②   4. ①
- Ⅲ 1. ④   2. ②   3. ①
- Ⅳ ③

28일차
- Ⅰ 못 — 잘 / 많이 — 조금 / 더 — 덜 / 빨리 — 천천히 / 미리 — 나중에
- Ⅱ 1. ②   2. ②   3. ①   4. ④
- Ⅲ 1. ③   2. ①   3. ①   4. ①
- Ⅳ ②

29일차
- Ⅰ 방금 — 아까 / 조금 — 약간 / 항상 — 언제나 / 나중에 — 이따가
- Ⅱ 1. 언제   2. 얼마나   3. 왜냐하면   4. 왜
- Ⅲ 1. 많이   2. 아직   3. 열심히   4. 일찍

30일차
- Ⅰ 참 — 정말 / 잠시 — 잠깐 / 같이 — 함께 / 언제나 — 항상
- Ⅱ 1. 항상   2. 자주   3. 가끔   4. 전혀
- Ⅲ 1. 혹시   2. 잘못   3. 푹
- Ⅳ 1. 조금   2. 훨씬   3. 특히

| chapter 2 | **그림으로 배우는 어휘**

31일차
I   1. 할머니 2. 회사 3. 오빠 4. 대학생
II 1. 책장 2. 라디오 3. 의자 4. 옷장 5. 문 6. 창문 7. 침대

32일차
I   01 1. 머리 2. 코 3. 입 4. 머리카락 5. 눈 6. 귀 7. 이 8. 목 9. 얼굴
    02 1. 어깨 2. 가슴 3. 팔 4. 배 5. 손 6. 무릎 7. 다리 8. 발 9. 등 10. 허리 11. 몸
II 01 1. 얼굴 2. 눈 3. 코 4. 머리
    02 1. 눈 2. 코 3. 머리 4. 입

33일차
I   1. ③ 2. ②
II   1. 사진기 2. 여권 3. 전화기 4. 우산 5. 지도 6. 열쇠
III 1. ① 2. ③
IV   1. ③ 2. ②

34일차
I   1. 라 2. 가 3. 다 4. 나
II 1. 보라색 치마 / 노란색 스웨터 / 분홍색 장갑
    2. 파란색 바지 / 녹색 티셔츠 / 노란색 운동화
    3. 빨간색 원피스 / 까만색 구두 / 목걸이

35일차
I   1. 삼계탕 2. 만두 3. 감자
II   1. ③ 2. ③
III 1. 명 / 분 2. 잔 3. 인분 4. 줄 5. 그릇 6. 개 7. 통

解答

36일차
I 1. 농구 2. 수영 3. 스키 4. 태권도 5. 축구
II 1. ④ 2. ④ 3. ③
III
> <나의 취미>
> 제 취미는 영화 보기예요. 그래서 시간이 나면 자주 영화관에 가요.
> 저는 친구와 같이 영화를 보는 것도 좋지만 혼자 보는 것도 좋아해요.
> 주로 멜로 영화나 액션 영화를 보지만 가끔 공포 영화도 봐요. 영화를
> 보면 기분전환도 되고 아주 좋아요.

37일차
I 1. 병원 2. 은행 3. 서점 4. 식당 5. 학교 6. 비행기를 타요. 7. 영화를 봐요.
   8. 쇼핑을 해요.
II 미용실 — 머리를 잘라요. / 우체국 — 편지를 보내요. / 부동산 — 집을 구해요. /
    여행사 — 비행기 표를 사요. / 대사관 — 비자를 만들어요. / 정류장 — 버스를 타고 내려요.
III 1. ② 2. ③

38일차
I 1. 기차 2. 자동차 3. 지하철 4. 비행기 5. 배
II 1. 철수와 영희 2. 책 3. 나무 4. 가방 5. 지도

39일차
I 1. 꽃 2. 여름, 바다 3. 가을, 바람 4. 겨울, 눈
II 1. 날씨, 영상, 바람, 비 2. 영하, 바람, 눈

40일차
I 1. 하늘 2. 구름 3. 해 4. 산 5. 나무 6. 꽃 7. 바다 8. 섬
II 1. ① 2. ②
III 1. 개 2. 강아지 3. 고양이 4. 소 5. 돼지 6. 닭 7. 새

國家圖書館出版品預行編目資料

40天搞定新韓檢初級單字 新版 / 金美貞（김미정）、
卞暎姬（변영희）著；周羽恩譯
-- 修訂二版 -- 臺北市：瑞蘭國際, 2025.06
328面；17×23公分 --（繽紛外語系列；148）
譯自：쏙쏙 TOPIK 한국어 어휘 초급 40
ISBN：978-626-7629-43-7（平裝）

1.CST：韓語 2.CST：詞彙 3.CST：能力測驗

803.289　　　　　　　　　　　114005866

繽紛外語系列 148

40天搞定
新韓檢初級單字 新版

作者｜金美貞（김미정）、卞暎姬（변영희）・譯者｜周羽恩
責任編輯｜潘治婷、王愿琦・校對｜潘治婷、王愿琦

韓語錄音｜朴芝英・錄音室｜純粹錄音後製有限公司
封面設計｜劉麗雪、陳如琪・版型設計｜余佳憓・內文排版｜陳如琪

瑞蘭國際出版

董事長｜張暖彗・社長兼總編輯｜王愿琦
編輯部
副總編輯｜葉仲芸・主編｜潘治婷・文字編輯｜劉欣平
設計部主任｜陳如琪
業務部
經理｜楊米琪・主任｜林湲洵・組長｜張毓庭

出版社｜瑞蘭國際有限公司・地址｜台北市大安區安和路一段104號7樓之1
電話｜(02)2700-4625・傳真｜(02)2700-4622・訂購專線｜(02)2700-4625
劃撥帳號｜19914152 瑞蘭國際有限公司
瑞蘭國際網路書城｜www.genki-japan.com.tw

法律顧問｜海灣國際法律事務所　呂錦峯律師

總經銷｜聯合發行股份有限公司・電話｜(02)2917-8022、2917-8042
傳真｜(02)2915-6275、2915-7212・印刷｜科億印刷股份有限公司
出版日期｜2025年06月初版1刷・定價｜480元・ISBN｜978-626-7629-43-7
　　　　　2025年08月初版2刷

◎ 版權所有・翻印必究
◎ 本書如有缺頁、破損、裝訂錯誤，請寄回本公司更換

PRINTED WITH SOY INK　本書採用環保大豆油墨印製

쏙쏙 TOPIK 한국어 어휘 초급 40
Copyright©2014 Kim Mi Jeong, Byun young hee
Original Korea edition published by Sidaegosi Publishing Corporation.
Taiwan translation rights arranged with Sidaegosi Publishing Corporation.
Through M.J Agency, in Taipei
Taiwan translation rights©2015 by Royal Orchid International Co., Ltd.